U0947799

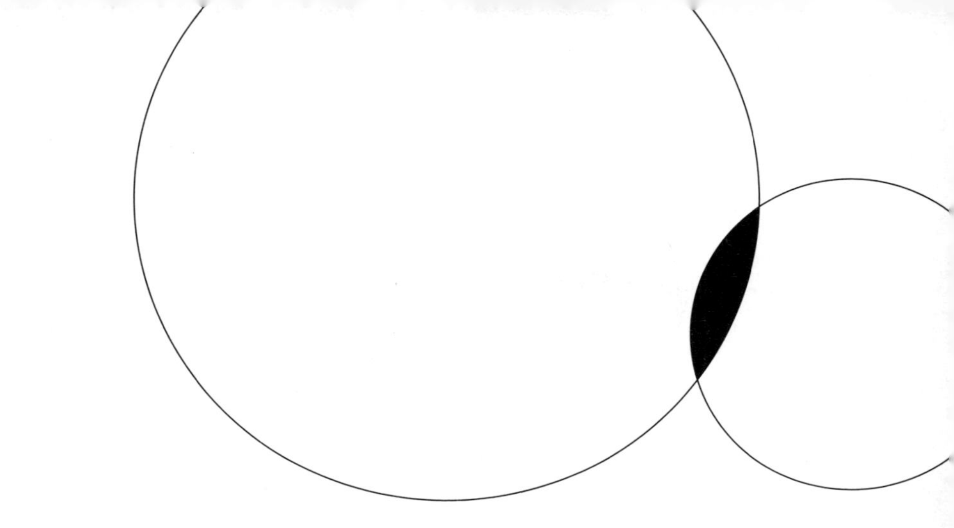

The Essays

真理是一颗日光下的珍珠

[英]培 根 著

张文兴 译

北京联合出版公司
Beijing United Publishing Co.,Ltd.

图书在版编目（CIP）数据

真理是一颗日光下的珍珠 /（英）培根著；张文兴译. —北京：北京联合出版公司，2018.1

ISBN 978-7-5596-0501-6

Ⅰ. ①真… Ⅱ. ①培… ②张… Ⅲ. ①随笔—作品集—英国—中世纪 Ⅳ. ①I561.63

中国版本图书馆CIP数据核字（2017）第129595号

真理是一颗日光下的珍珠

作　　者：（英）培根

译　　者：张文兴

责任编辑：喻　静

产品经理：魏　傩

特约编辑：陈　红

北京联合出版公司出版

（北京市西城区德外大街83号楼9层　100088）

北京联合天畅发行公司发行

北京旭丰源印刷技术有限公司印刷　新华书店经销

字数：138千字　880mm×1270mm　1/32　印张：8

2018年1月第1版　2018年1月第1次印刷

ISBN 978-7-5596-0501-6

定价：48.00元

目　录

一

论真理

“真理是什么呢？”善戏谑的彼拉多[1]问道，他并不指望有人做出回答。

世上有这样一些人，喜欢不断更改意见，并且认为在一种信念被确定后就等于戴上了一种枷锁，思想和行为就会无法自行其是。尽管这一流的哲学家的怀疑论已经灭亡，但是喜欢东拉西扯的哲学家大有人在——尽管他们的观念没有古人那样清晰、明白。

人们愿意跟随谎言而不去追求真理，是因为人们在寻求真理时困难重重，是因为在找寻到真理后，真理会在人们的思想上加上束缚，而诡辩更迎合一些人性的陋习。希腊有一位哲学家曾经研究过这个问题：为什么谎言竟会如此迷惑人心？难道是因为谎言能像诗人说谎那样给人带来欢愉，或能像商人说谎那样给人带来利益？我也不懂这究竟——难道人们就是为了喜好谎言从而追求谎言吗？也许真理恰如磊落的天光，所有的假面舞会、节日盛典在烛光下显得典雅堂皇，但经天光一照，则不免残红褪绿。真理就像一颗珍珠，只有在日光映照下才尽显璀璨，而非钻石或红玉，要在陆离光线中方显冶艳。真真假假的谎言会给人的内心带来一些愉悦。一旦把人们内心的虚荣、虚妄的自我评价以及各种异想天开的假象全部清除，许多人的内心将只剩下渺小、空虚、丑陋，甚至连自己都对自己感到厌恶。对这一点，难道还有谁会怀疑吗？

早期的基督教著作家中，曾经有人非常严厉地将诗称为“魔鬼的酒”[2]，他认为诗能占据人的想象空间，但这不过是伪说幻影而已。在蛊惑人心上，诗又怎能胜过谬误呢？真正害人的其实不是那掠过心田一晃而去的伪说，而是那沉入心里或萦绕在心里的伪说，这一点我们之前已经提过了。这些东西渗入了人们的思想感情，然而无论真理在人们的判断力中是怎样的，真理（它只受本身的评判）都教给我们一个道理，那就是研究真理（就是向它求爱、求婚）、认识真理（就是与之同处）和相信真理（就是享受它）是人性中最高尚的美德。

在上帝创世的日子里，他所创造的第一件东西是感官的光芒，他所创造的最后一件东西是理智的光芒，从那以后，在他工作完成后的安息日，他的作为全是以圣灵昭示世人的。最初他将光明吹吐到万物混沌的表面上，然后他为人的脸孔吹入光明，现在他还在往他的选民的脸上吐射光明。

有这样一种感性主义哲学派，在很多方面都显得十分肤浅，但其中一位诗人[3]因为向往真理而在世上流芳千古。他曾这样说过："居高临下遥看在大海中颠簸的航船是令人愉快的事情，站在堡垒中遥看激战中的战场也是令人高兴的事情，但是没有什么能比在真理的顶峰上攀登，俯视人世中的各种谬误与迷障、烟雾和曲折更令人高兴的了！"只要看的人对这种光景永存恻隐之心而不沾沾自喜，那么以上的话就是对的。当然，一个人的心如果能以仁爱为出发点，以天意为归宿，并且以真理为地轴而运转，那这人可谓生活在人间天堂了。

以上谈到的是有关神学和哲学方面的真理，下面我们来谈谈实践方面的真理。就算这些行为并不真实，坦白、正直的人也会认为正直地待人是人性的一大优点，而不分真假虚实，就好比在金银币中夹杂合金，也许会使金银使用起来更加便利，却把金币的品质给糟蹋了。因为这些曲曲折折的行为可说是蛇走路的方法——蛇是不用脚而是很卑贱地用肚子走路的。没有一种罪恶能像虚伪、欺诈那样使人蒙羞。蒙田[4]

在研究“骗子”这个词为何如此可憎时说得很好：“深思一下吧，说谎者是这样一类人：他们敢于狂妄地面对上帝，却不敢勇敢地面对世人！”因为谎言是直面上帝而躲避世人的。曾经有一个预言，说从基督返回人间的那一刻开始，他将在世上找不到诚实。所以谎言可以说是请上帝来裁判人类的最后的钟声。对于虚假和背信的罪恶的揭露，再没有比这个说法更高明的了。

译注

1. 彼拉多，公元1世纪罗马帝国驻犹太、撒玛利亚和以土米亚的总督（26—36）。据《新约全书》记载，耶稣由彼拉多判决钉死于十字架上。
2. 圣·奥古斯丁说过“诗乃魔鬼之食、谬误之酒”。
3. 指古罗马诗人卢克莱修（约前99—约前55）。
4. 蒙田（1533—1592），法国思想家、散文家。主要作品《蒙田随笔全集》。

二

论死亡

成人害怕面对死亡，就如同儿童畏惧进入黑暗之境。儿童天生的惧怕会随着知识的增长而增加，成人对于死亡的惧怕同样如此。当然，把死亡看作罪孽深重的报应以及通向另一个世界的旅途，显得神圣与虔诚；而把死亡看作向大自然进奉的物品从而惧怕它，则是懦弱的表现。在所谓的宗教说法中，关于死亡也难免掺杂了一些虚妄的东西。在一些修道士的苦行录中，我们可以读到这样的说法：一个人应当自己想想，假如有一天，他一个手指的末端被压或是受刑被砍掉，那是怎样一种痛苦；由此我们再推想会使人全身腐败、溃烂而招致死亡的痛苦又是如何。而事实上，死亡时的痛苦要比某一肢体受到损害时遭受的痛苦少得多，因为人体中决定生死的器官并不一定是最敏感的器官。一位身为哲学家的普通人说得很好："让人们感到畏惧的，是死亡的修饰品，而不是死亡本身。"呻吟与痉挛，变色的面目，朋友的哭泣，丧服及葬仪，诸如此类都让死亡显得如此可怕。

值得注意的是，无论人内心的种种情感多么薄弱，但并不是不能克服对死亡的恐惧。既然一个人身旁有这么多的"侍从"，都能帮忙打败死亡，可见死亡并不算是多么可怕的敌人。复仇之心令人战胜死亡，爱恋之心令人蔑视死亡，荣誉之心令人追求死亡，悲伤之心令人飞向死亡，恐惧之心令人全神贯注于死亡。不仅如此，我们在书中还读到：奥托大帝自杀后引发的极大的悲哀之心（感情中最温柔的一种）导致了许多人的死，这些人用死亡向君主表示同情和要做最忠心耿耿的臣仆的决心。此外，悲剧作家塞涅卡还提到了苛求和厌倦，他说："厌倦和无聊也会导致自杀，乏味与空虚会置人于死地。"哪怕一个人既不勇敢，也不贫困，但如果倦于重复做同一件事情的话，也会去寻死。

同样值得注意的是，在伟大的人身上，死亡的到来所造成的改变是非常少的，因为他们似乎到最后一刻依然故我。奥古斯都即将去世的时候还在赞扬他的皇后："永别了，莉维亚[1]，请记住我们婚后的美好时光。"提比略（古罗马皇帝）至死仍然故作姿态，就像史学家塔西佗[2]所说："提比略的体力日渐衰退，但他虚伪如故。"韦斯巴芗[3]死时还说笑话，他坐在凳子上说："我想我正在变成神。"加尔巴[4]临死时说了一句话："砍吧！如果这对罗马人民有益。"随后他从容地引颈就戮。塞普提缪斯·塞维鲁（古罗马皇帝）直到临死前所惦念的还是政务，他的遗言是："假如还需要我办点什么，就快点拿来。"诸如此类的情形比比皆是。

那些斯多亚学派[5]学者未免把死亡看得过于严重了，以至于他们不厌其烦地讨论对于死亡的种种精神准备。古罗马作家朱维诺有一句话说得好："死亡也是大自然赐予人类的一种恩惠。"死亡和生命都是自然界的产物，婴儿的出生或许跟死亡一样痛苦。

热忱追求死亡的人，或者在强烈的感情中受到伤害的人，当时是感受不到痛苦的。因此，致力于某种有益的事情的人，就避免了面对死亡时产生的悲哀。尤其要相信的一点是，当一个人实现了有意义的目标，实现了有价值的抱负时，那么最神圣的歌就是"此刻可以让你的仆人安心离去"。死亡还可以打开通向名誉的大门，熄灭嫉妒的心火："现世受人嫉妒的人，死后常受到人们的爱戴。"

译注

1. 莉维亚，奥古斯都的皇妃。
2. 塔西佗（约 55—约 120），古罗马历史学家，著有《编年史》《历史》等。
3. 韦斯巴芗（9—79），古罗马皇帝，弗拉维王朝创立者。
4. 加尔巴（前 3—69），古罗马皇帝。公元 68 年起兵反抗尼禄，在尼禄自杀后，被确认为罗马皇帝，后又在混乱中被禁卫军杀死。
5. 斯多亚学派，古希腊罗马哲学学派， 由芝诺创立于公元前 300 年左右。晚期斯多亚学派宣扬宿命论、神秘主义和禁欲主义。

三

论宗教的统一

如果说宗教是维系人类社会的主要工具，那么，要是它本身能真正维持其统一，自然是一件非常不错的事。宗教上的争端和分歧，是异教徒所不明白的罪行。这是因为异教徒的宗教没有任何固定不变的信仰，只有仪式和典礼。只要想到异教徒的教长都具有浪漫的诗人情怀，就可知他们的宗教是怎样的一种宗教了。但是真正的上帝是个“喜欢嫉妒”的神，因此他所信仰的东西和宗教决不允许有任何杂质。所以我们想就宗教的统一说几句话，说说它的结果怎样、它的界限怎样、它的方法怎样。

宗教统一的结果有两种，要么针对教会以外的人，要么针对教会以内的人。对前者来说，异教与信徒是玷污圣洁的，比道德败坏更可恶。就好像异物从人体伤口进入皮肤里导致腐败一样，精神上的腐败也会由此产生，所以再也没有比“破坏统一”更能使教外者不入教堂、教内者急欲出去的了。有的人说：“看哪，基督在旷野里。”又有人说：“看哪，基督在内居中。”在这种情况下，能够采取的最好的办法恐怕只有一个，那就是基督曾说过的一句名言：“你们既不要出去，也不要相信！”圣保罗[1]曾说过：“如果一个异教徒听到你们这些各说各话的教义，他恐怕只会认为这里有一群疯子。”对于本来就无信仰的无神论者，看到宗教中的这种矛盾冲突，他们更会远离圣殿，而高居于“亵渎者”的座位之上。一位“讽刺大师”[2]在他虚构的丛书中援引了这样的一个书名——《异端派的摩尔舞》。在谈论如此严肃的问题时列举此例，有点不太恭敬，但是它所讥讽的正是异教徒那种可笑的嘴脸。异教徒的百般姿态，为那些向来对神圣的事就不恭敬的凡夫俗子和粗鄙政客提供了笑柄。

宗教统一带来的结果就是和平。和平包含了神无限的恩赐。和平可以树立信仰，可以燃起仁义之心。宗教统一可以使教会所显示出的外在的和平纯化为内心的和平，把撰写和阅读争论文章的功夫转移到阅读和写作尊神、忏悔的著作上。

将统一的界限真正划分出来是一件很重要的事。在这个问题上似乎存在着两种极端。对于某些激进分子来说，一切妥协都是令人憎恶的。就如同《旧约》中的一句话："平安不平安与你何干？你转在我后头吧！"这一派别的人宁愿只要宗教派别，也要摒弃和平。与之相反，有些教派一味追求妥协、折中，甚至不顾信仰的基本原则。这两种极端的态度都是应当避免的。避免的方法就在以基督为基督徒订的盟约中那两条相反相成的条文，要切实并清楚地解释那盟约。这两条条文是"不帮助我们的就是反对我们的"和"不反对我们的就是帮助我们的"。所谓以这两条条文阐释基督徒盟约，就是要把宗教中基本的、实际的要点同那些并不纯粹属于信仰的，而是关于意见、教派、居心的问题的要点真正区分开。在许多人看来也许此举是件小事，并且已经做到了。但若是做的时候再少些党派之见，拥护它的人就更多了。

对此我还有些见解。导致宗教信仰分裂的是两种性质不同的争论。一种是所争论的论点分歧本身就不大，不过是因为争论时的态度不好而引发了仇视。圣·奥古斯丁[3]曾说过这样的话："基督教的黑色服饰是天衣无缝的，教会的外衣颜色却多种多样。"他还说："可以接受色彩的不同，但是不能接受分裂。"这就是说，和谐统一与专制划一并非一码事。还有一种是所争论的论点很要紧，然而争论到了后来趋向过于微妙或幽晦，这种争论就巧慧而不切实了。有判断力和理解力的人在听到一些没有知识的人发表不同的见解时，心里明白那些人的意思其实是同一个意思，但是他们自己是绝不认同的。在人与人之间，尚且因为判断力不同有如此的情形发生，那么我们还能相信上帝（他是明白世人的心的）看不出愚弱的世人在他们的争论之中有时所表示的意思其实是相同的，却不能接受双方的意见吗？关于这种争论的性质，圣保罗曾经在他对这个问题的警告和教训中精彩地表述过："避免世俗的新说以及敌视真道、似是而非的学问。"人们造出莫须有的冲突，并且给这种冲突加上新的名词，这些名词本来应当受实际意义支配，结果却支配了实际意义。

统一亦有两种假的表现，或说和平：一种以盲从的愚昧为基础，因为在黑暗之中所有的颜色都是相同的；另一种干脆以接受根本要义上的矛盾之处为基础而拼凑成的，因为在这些争论中真理与伪说就像尼布甲尼撒王梦中所见的偶像的脚趾上的铁和泥一样：它们也许可以互相依附，但是不会化为一体。

说到争取统一的方法，人们还必须注意的一点是，在争取或强化宗教统一的过程中，不可以消灭和摧毁博爱和人世的标准。基督徒手中握有两把剑——一把用于灵魂，一把用于尘世，这两把剑应该各有所用。但是要记住，一定不要拿起另一把剑——穆罕默德的剑。我的意思是，绝对不可以采取武力、流血牺牲和杀戮的行为来强行推广贯彻一种信仰。

当然，这并不包括对付诸如有人用宗教信仰煽动武装叛乱那样的情况。若试图以武力统一信仰，那是违背天意的，这是用上帝的一种训谕去否定另一种训谕。要知道，虽然上帝认同人类是基督徒，但人类首先是人。所以当罗马诗人卢克莱修看到阿伽门农王以亲生女儿向神献祭时，叹息说："宗教信仰竟能使人犯下如此的罪恶！"

如果他知道法国大屠杀和英国的火药阴谋，那么他又会做何反应？我想，恐怕他会变得比原来更加秉持享乐主义和无神论了。因为那把尘世的剑，在因宗教而拔出的时候，须非常谨慎，所以如果将它放在普通平民手中，就显得极其荒唐了。这种事情留给那些再洗礼论者和别的妖魔吧。魔鬼说："我要升临天堂，与上帝并驾齐驱。"这固然是肆无忌惮的渎神言论，但是如果让上帝化为人身并让他说"我将降临人间，与魔鬼一样恐怖"，那不就是更肆无忌惮的亵渎神明之举吗？！如果以宗教的名义谋杀君王，屠宰人民，颠覆国家和政府，把圣灵的徽记由鸽子变成兀鹰和乌鸦，把普度众生的航帆变作凶残的海盗船，其所作所为不也正是这种亵渎神明之举吗？因此，对于一切以宗教和信仰名义进行煽动的暴力行为以及一切为这种行为辩护的邪说，君王们应当用他们的法律和剑，学者们应当以他们的笔，有如赫尔墨斯挥动夺魂的神杖[4]，无情地将支持上述罪行的行为和看法投喂豺虎，投诸地狱！在关于宗教的评论中，这位信徒的话毫无疑问是首当其冲的：“人的怒气，并不成就神的正义。”

还有一个聪慧的教会作家说过，但凡规劝他人对别人良心施压的人，大都是为自己牟利。这句话值得大家用心思考，说得很是巧妙。

译注

1. 圣保罗，圣经传说中基督教早期的传道者。
2. 指拉伯雷（1493—1553），法国作家，代表作《巨人传》。
3. 圣·奥古斯丁（354—430），古罗马基督教思想家，著有《忏悔录》。
4. 古罗马神话里赫尔墨斯是众神的使者，亡灵的接引神。

四

论报复

报复是一种野蛮的判决，人越亲近它，法律和文明就应当摒弃它。因为犯罪只是触犯了法律，私刑却是将法律抛弃。其实，报复只会使你与侵犯你的人的关系扯平，然而如果一个人有宽宏的度量能够宽恕他人的冒犯，那么这个人就比冒犯者高明得多。这种大度宽恕他人的做法是君子之道。所罗门曾这样说过：“宽恕人的过失，便是自己的荣耀。”过去的事情已经过去了，永不会改变了；明智的人留心于现在和将来。如果还在纠结于过去的事情，那么就是在枉费心力。没有人为了作恶而作恶，而是为了自己的利益、乐趣、荣誉等。那么，为什么我要对某人因为他爱自己胜于爱我而感到生气呢？即使有人纯粹因为生性本恶而作了恶，那又能如何呢？这也不过是像荆棘一样——荆棘刺人是因为它们除此之外，别无其他能耐。

假如因为法律的限制无法追究一件罪行，而人们不得已自行采取复仇手段，这种情况或许是可以理解的。但是也要注意，你所采取的报复行为不可以违法，或者至少要能逃脱惩罚才行。否则你将会使你的仇人占两次便宜：第一次是他冒犯你；第二次是你因为报复他而受到惩处。有人愿意采用光明正大的方式报复敌人，这一点是值得钦佩的。因为我们复仇的动机不仅是为了让对方受苦，更是为了让他悔罪。但有些卑劣的懦夫专门搞一些阴谋诡计来报复他人，以暗箭射人，这种做法就如同鬼蜮了！

对所谓的忘恩负义的朋友进行报复，看起来是最有理由的。佛罗伦萨大公卡西莫曾说："《圣经》教导我们要宽恕敌人，但却从来没有教导我们要宽恕忘恩负义的朋友。"然而约伯[1]的精神格调更高一筹，他说："难道我们从上帝手里得福，不也受祸吗？"对于朋友，也可以这样提问。我们既然拥有这份友谊，就要宽恕朋友的过错。

如果一个人念念不忘旧恨，那么他的伤口将很难愈合，尽管伤口是可以痊愈的。只有为国家的利益而采取的复仇才是正义的行为，例如为了恺撒被刺，为了佩蒂纳克斯[2]和亨利三世[3]之死而采取的复仇行为。但是为了自己的私仇而睚眦必报是可耻的。念念不忘旧怨而积心图谋报复的人，将在阴暗中生活。这种人活着的时候于人不利，死了也是于己不幸啊。

译注

1. 约伯,《圣经》中的人物。约伯是上帝的忠实仆人,以虔诚和忍耐著称。
2. 佩蒂纳克斯（126—193），古罗马皇帝，被叛变的禁卫军所杀。
3. 亨利三世（1551—1589），法国国王（1574—1589），被一多明我会修士暗杀。

五

论逆境

“一帆风顺的人生固然会让人羡慕，但是逆水而上的勇气更让人佩服。”这句话是塞涅卡仿效斯多亚学派哲学所讲的。事实确实如此。如果奇迹就是不寻常，那么它往往是在逆境下显现出来的。他还有一句更为深刻的格言：“一个人如果有平常人的脆弱，同时又具备仙人的潇洒自在，那么就可称为真正的伟大。”这是如同诗句的格言，它的意蕴深远悠长。古代诗人在他们的神话中曾描写过，当赫拉克勒斯去解救盗火种给人类的英雄普罗米修斯的时候，他是坐着一个瓦罐漂渡重洋的。这个故事其实也象征了人生，因为每一个基督徒正是以血肉之躯的孤舟，横游波涛翻滚的人生海洋的。

面对幸运所需要的美德是节制，而面对逆境所需要的美德是坚韧。从道德修养而论，后者比前者更为难得。《圣经》之《旧约》把顺境看作是神的赐福，而《新约》则把逆境看作是神的恩惠，因为上帝正是在逆境中才会给人更大的恩惠和更直接的启示。如果你聆听《旧约》诗篇中大卫的竖琴之声，你所听到的并非仅是颂歌，还有同样多的苦难和哀音。而圣灵对约伯所受的苦难的描绘永远比对所罗门财富的刻画更打动人心。

有了幸运并不是就没有恐惧与烦恼了，而身处噩运也并非就少了安慰与希望。在刺绣活儿中，我们会发现，如果在暗淡的底子上绣上明亮的花样，比在明亮的底子上绣上深暗的花样更加赏心悦目；那么就从这眼中的乐趣推断心中的乐趣吧。毫无疑问，美德就像名贵的香料，经燃烧或压榨而其香愈烈，幸运最能显露恶行，而厄运则最能显露美德。

六

论作伪与掩饰

掩饰不过是一种胆怯的行径或者一种智慧行为，因为要清楚地知道什么时候可以讲真话并且需要讲真话，需要有很强的判断力和一颗无畏的心。因而，软弱的政治家就成了掩饰的高手。

塔西佗曾说过，莉维亚与她有智谋的丈夫和她虚假的儿子生活融洽。这句话的意思是，奥古斯都擅于谋略，而提比略擅于掩饰。当缪西亚努斯[1]规劝韦斯巴芗举兵攻向维特利乌斯[2]时，他说："我们现在举兵，所面对的敌人既不是出于奥古斯都极具洞察力的判断，也不是出于维特利乌斯异常的谨慎和严密。"这些特质——权谋或策略，掩饰或隐秘——确是不同的习惯与能力，并且是应当加以辨别的。如果一个人有如此明察的能力，能够看出什么事应当公开，什么事应当隐秘，什么事应当若明若暗，且能因人而异，因时而变（这些即塔西佗所谓的治国与处世的要术），那么，对他来说，掩饰的习惯是一种阻挠，一个弱点。但是如果一个人不具有如此明察的能力，那么他就不得不常常隐秘，并且成为一个掩饰者。因为一个人在不能随机应变、有所选择的时候，那么采取一般途径最为安全、谨慎，就像目力不济的人走路轻而且慢。无疑，从来都是最有能力的人有坦白、直爽的行为，拥有诚实不欺的名誉。他们像训练得很好的马一样，懂得何时当止、何时当转，并且在他们认为某事需要掩饰的时候，如果他们掩饰了，以往流传各处的关于他们的诚实、正直、坦白的见解，也使他们不致为人所疑。

自我掩藏有三个层次。第一个层次是隐秘、沉默和遵守诺言，不能让别人看出或推测出这个人的为人。第二个层次是掩饰，这一点是消极的作为，就是故意流露征兆、端倪，使别人误以为他是个正直、坦率的人。第三个层次是作伪或冒充，这一点是积极的作为，就是一个人故意并且明显地装出他实际并不是的那种为人。

先说第一个层次，即隐秘。这一类人常常听人忏悔。没有人愿意向一个信口雌黄或者爱唠叨的人诉说衷肠，如果面对的是一个隐秘的人，人们会主动将心里的私密说出来，就像密封的空气能吸取开放的空气。在忏悔的时候，隐私的披露并不是出于世俗的需要，而是为了缓解个人压力。保密的人也能以同样的方式得知许多事情。人们更乐于宣泄心事而不是增加心事，简言之，神秘之处是由保密造成的。不论是精神还是肉体，裸露都是不适宜的。如果人的举止和行为加点掩饰的话，就会增添不少尊严。至于嚼舌者和易泄密的人，他们通常是轻率的，而且容易轻信他人，因为言其所知的人也会言其所不知。记住这句话吧：保密的习惯既是明智的，也是有道德的。而在保密的时候，最好是让舌头说话，不要通过面目表情透露其他信息。既然人的面容比起话语更加受人注意、可信，那么由面容特征显露自我，就是大弱点和大泄露。

再说第二个层次，即掩饰。掩饰是必然存在的，而且常与隐秘相提并论；所以一个人如果想让自己变得隐秘，那么他就必须在某种程度上掩饰。通常情况下，人们都不允许他人在坦诚与掩饰之间徘徊，不允许一个人既是隐秘的，又不偏不倚。对待这样的人，人们会向其提问，以设法引诱他吐露真言，从而探他的口风。所以这样的人除了一概不理地保持沉默，不免要显露他是倾向何方的。即使他自己没有表示，那些人也会由他的沉默推测出来，犹如他自己说了一样。至于模棱两可、含糊其词，那早晚要被戳破。因此，谁也无法真正地隐秘，除非他给自己留出一点掩饰的空间。掩饰可以说仅仅是隐秘的外衣罢了。

第三个层次，就是作伪或冒充。在我看来，除非在重大或罕见的事件中，否则作伪或冒充是罪孽大于谋略的。因而，普遍存在的作伪都是一种恶行。其起因，或是由于本性的喜伪或畏惧，或是出自一种心智的不健全。因为不得不设法掩盖这种缺陷，遂使他在其他方面也作伪，以免他的技艺被弃之不用。

作伪与掩饰有三大好处：其一是可以蒙骗反对者，使其不产生怀疑，之后便可以出其不意地取胜，一个人公开自己的动机，就等于向外发出了信号，告知所有反对他的人；其二是可以给自己留下退路。一个人若是用明了的宣告把自己约束起来，他就必须成功或者垮台；其三是可以为自己赚取机会以看穿他人的心思。对于一个开诚布公的人，别人是不会公开反对的，会干脆让他继续说下去，他们只好闭上嘴巴，心里做事。因此西班牙有句谚语："谎言才可见真情"。这是一句精彩而又精明的谚语，好像只有通过作伪才能发现真相似的。

作伪与掩饰也有三大不利：其一，经常作伪和掩饰的人总是一副畏惧、怯懦的模样，这种恐惧的态度在任何事件之中，都不免会阻挠其直达目的；其二，作伪与掩饰的人会使其他人变得迷茫、不知所措，从而无人合作，只能独自跋涉，去达到他的目的；其三，也是最大的不利之处，就是作伪与掩饰剥夺了一个人做事的主要工具——信赖。而最好的气质和性情，就是坦率的名声，养成保密的习惯，适当地使用掩饰，在没有补救办法的情况下拥有作伪的能力。

译注

1. 缪西亚努斯，古罗马将领。
2. 维特利乌斯（15—69），古罗马皇帝。

七

论父母与子女

父母的愉悦是内敛的，他们的忧愁与恐惧也是如此。他们的欢愉难以用言语表达，而他们的恐惧又不愿意说出来。子女使他们的艰苦变得更加甜蜜，但是也使不幸变得更加酸楚。子女给他们的人生增加了忧虑，却减轻了对死亡的记怀。通过生殖而繁衍后代绝不是动物的共性，但是名声、德望与丰功伟绩是人类所独有的。伟大的事业往往由无子女的人创造，这些人在他们躯体的形象无从表现之后想努力表现他们的精神形象。所以说，没有后代的人反而最关心后代。成家立业的人对子女最纵容，因为他们不仅把子女看作家族的延续，也看作事业的延续。因此，他们对待自己的子女与对待自己所创造的事业持有相同的看法。

父母对子女的关爱程度通常是不一样的，有时候甚至是不合理的，往往母亲更是如此。就像所罗门所说的那样：“智慧之子使父亲欢乐，愚蠢之子叫母亲担忧。”我们时常会见到，在儿女满堂的大家庭中，长子、长女受到偏爱，最小的孩子得到过多的宠溺和纵容，居中的几名则像被遗忘了，但他们往往是最优秀的。

父母在应给子女的金钱上吝啬，是一种错误的行为，这使子女变得卑贱，使他们学会投机取巧，使他们与下流人为伍，使他们到了富有的时候容易贪欲无度。因此，为父母者若对子女在管理上严格，而在金钱上宽松，结果会是最好的。人们（父母、师父、仆役皆然）有一种愚蠢的观念，就是在孩子们童年的时候，在他们之间培养一种竞争意识。其结果是，在他们成人之后，兄弟不和，家庭不睦。在意大利人的观念里，自己的子女、侄甥或近亲之间没有什么分别，只要他们是本家人，即使并非自己亲生，也丝毫不介意。事实上，这在本质上是没有什么区别的。偶尔会有侄子长得像伯父、叔父或某位近亲，而不像自己的父亲。

为父母者应当及时为子女选择职业及发展方向，因为子女在小时候最易训导。同时，为父母者也不可过于重视子女的倾向，以为做他们自己所喜爱的就能做到最好。如果子女的天赋超群，那么最好不要拂逆他。但是一般而言，这句话是有益的："选择最好的职业或人生道路，习惯会使它变得合适而且容易。"

兄弟中作为幼弟的人多半会取得成就，而兄长被剥夺或削除继承权的事，则很少或从未发生过。

七
论父母与子女

八

论结婚与独身

有了妻子与孩子，就等同于交了抵押品给命运的裁决者，就是一个人成大业的阻碍，不管这个人所做的是大的善举还是大的恶行。最好的或者对公众来说最能创造价值的，是那些没有妻子或孩子的人，这种人在情感方面可以说是娶了公众当妻子，并把嫁妆给了公众。然而有子女的人也非常关心未来，因为他们一定会把自己最贵重的东西交给未来。有些人虽然过着独身生活，他们却只关注自己，认为将来无关紧要。有些人把妻子与子女看作一项开销，更有甚者，有些愚蠢而贪婪的富人竟以无子女自豪，因为这样一来，人们就会认为他们更富有了。也许他们听到有人说，“某人是个大富翁。”而另一人反对，“是这样没错，但是他抚养子女会非常辛苦。”就好比子女会削减那人的财富。有人喜欢独身生活，最常见的原因是自由，尤其是对某些自恋或者任性的人来说，他们对于各种各样的约束都很抵触和敏感，甚至觉得腰带、袜子都是锁链。独身的人是最好的朋友，最好的主人，最好的仆人，但不是最好的臣民，因为他们很容易逃跑，差不多所有逃亡者都是独身。僧侣适合独身生活，因为慈善之举若要先注满自己的水池，就难以灌溉其他土地了。独身与否对法官和地方行政官并不重要，因为如果他们容易被人左右，腐败，那么一个爱进谗言的仆人的作用就远胜妻子。对于军人来说，我发现，将军在激励士兵斗志的时候，通常会让他们回想自己的妻子和子女。我认为土耳其人大都不尊重婚姻，这使得普通士兵更加卑贱。

妻子和子女对于人性来说是一种磨炼。独身的人往往都慷慨大方，这是因为他们的钱财少有别的消耗。从另一方面来看，他们大都冷漠、残酷（适合当严厉的审讯人），因为他们都不常有慈悲之心。

庄重的人，常受风俗引导，因而心志不移，大都是忠贞的丈夫。如古人在谈到尤利西斯时说：“他宁要他的老妻，而不要长生不老。”

贞洁的妇人往往骄傲不逊，因为她们是自恃贞洁的人。假如一个妇人相信她的丈夫是聪慧的，那就是她保持贞操及贤惠的最佳动力；假如这妇人发现丈夫忌妒心重，她就永不会认为他是聪慧的了。

妻子是青年时的情人，中年时的伴侣，老年时的看护。所以一个人只要愿意，任何时候都有娶妻的理由。然而有这样一个人，被问及人应当在什么时候结婚时，他答道："年轻时太早了，年老时太晚了。"这个人也被人称为智者之一。

常见品行不良的丈夫身边大都有贤良的妻子，也许是因为丈夫偶尔表现的优点显得尤为可贵，也许是妻子以自己的耐心自豪。如果不良的丈夫是妻子没有听取亲友的意见而执意选择的，这样的耐心一旦消减，她们就得为自己的选择付出代价。

九

论嫉妒

人的各种情欲中，只有爱和嫉妒有着让人着魔的魅力。这两者都有强烈的欲望，它们会轻易地让人生出臆想和联想，并且很容易被人记住，尤其是在目击那些本身就具有导致入魔特点的对象的时候，如果真有蛊惑这种事的话。《圣经》把嫉妒叫作“毒眼”，而占星家把不祥的星宿叫作“凶视”，所以好像总有人承认：嫉妒的行为中有一种眼光的投射。还有些人甚至说，嫉妒的毒眼在伤人最狠的时候，正是那被嫉妒的人最为春风得意的时候。一方面是这种情况促使嫉妒之心更加锐利，另一方面是在这种情况下，被嫉妒者精神状态外露，最容易受到打击。

但我们先不谈这些问题（虽然在适当之处它们并非不值得思索），而是谈一谈什么人易于嫉妒他人，什么人最容易受到嫉妒以及公妒与私妒有何区别。

一无所长之人总会嫉妒别人的长处，因为人的心灵如果不能从自身的善汲取养料，就必定要以对别人的恶作为养料。嫉妒者往往自身没有优点，还看不到别人的优点，因此只能用破坏别人幸福的办法来安慰自己。当一个人缺乏某种长处的时候，他就一定会贬低别人，以求实现两者间的平衡。

爱管闲事并且爱打探别人隐私的人，通常都喜欢嫉妒他人。他们特别关心别人，并不是因为别人的事情与他们的切身利害有关，而是通过发现别人的不愉快使自己的内心得到一丝愉快。其实每一个埋头苦干的人都没有精力去嫉妒别人，因为嫉妒是一种四处游荡的情绪，只有闲人才会拥有。古时有句话说得好："爱打听别人隐私的人，必然是心怀恶意的人。"

人们发现，出身显赫的人会嫉妒正在崛起的新人，这是因为双方的距离改变了。就像一种视觉上的错觉，当别人进步的时候，他们会认为自己在退步。

残疾人、宦官、老人和私生子都特别喜欢嫉妒他人。因为这些无法弥补自己缺点的人，一定会怀有损害别人长处的心理。除非这些缺陷落在英雄豪杰身上，他们天性就是以自身的缺陷为其荣耀的一部分，由此让别人评价说，一个宦官或者一个跛足的人，竟能有如此出色的业绩。他们为了荣誉而战斗，历史上的纳尔塞斯[1]、阿戈西劳斯[2]和帖木儿[3]就是如此。

那些经历过巨大的灾祸和磨难后重新振作的人，也容易产生嫉妒，因为他们乐于把别人的失败看作自己痛苦的抵偿。

那些什么都想胜过他人的人，常处于轻浮和虚荣的状态，也就总爱嫉妒。因为在某些事情当中的某一项上，必然会有许多人要强于他们，所以总是有可让他们的嫉妒发挥出来的事情。这一点也是哈德良皇帝的特性，他非常嫉恨诗人、画家与巧匠，因为在这些事业中，他有过人之才。

最后，近亲、同事或同辈的人，在看到以前与自己同一水平的人飞黄腾达的时候最容易产生嫉妒。因为这些飞黄腾达的人以他们的优秀成绩彰显他人的失败，就好像变相贬低了其他人一样，而且这些飞黄腾达的人在同辈之间容易被记住，受关注的程度也越来越高，而嫉妒心是随言谈和名声而递增的。该隐对他兄弟亚伯的嫉妒是卑劣、恶毒的，因为当亚伯的供品被上帝看中的时候，当场并没有人旁观。以上就是有关最易嫉妒的人要谈的。

现在谈一谈那些受人嫉妒的人。首先是德行高的人，其地位越高则受人嫉妒的机会越少，因为他们的幸福看起来是应得的。没有人嫉妒债务的偿还，所嫉妒的多是奖赏和慷慨的赠物。再者，嫉妒又总是与人的互相攀比交织在一起，没有比较就没有嫉妒，因此帝王除了受帝王的嫉妒外不受他人的嫉妒。然而应当注意的是，微末之人在初升显贵的时候最易受嫉妒，到后来有所改善了；反之，有功绩的人在福祉绵延之时最易受嫉妒，因为到了那时，虽然他们的德行依旧，但其光辉已不复从前了，因为不断有新人成长起来，令其黯然失色。

贵族的后代在升迁的时候不会受人嫉妒，因为这似乎是他们倚仗雄厚的家世背景而应得的待遇，况且他们的显贵已无以复加了。嫉妒心就像阳光，照在岸上或板石上时要比照在地面上热得多，同理，那些逐渐得到提拔的人比那些突然腾达、一步登天的人受到的嫉妒要少。

那些为了荣耀受过重大劳苦、忧虑或危险的成功之人，人们是很少嫉妒的，因为人们认为这些人的荣耀得来不易，有时还会可怜他们，而怜悯永远是治疗嫉妒的良方。因此你可以看到那较为深沉、庄重的政治家，在崇高的地位上总是自嗟自叹，说他们过着何等不快乐的生活，唱着一些“我们何等受苦”的歌曲。并不是他们真的感觉如此，而是为了减少他人的嫉妒。不过这是可以理解的，是身在其位的人的负担，而不是为了炫耀。最让人嫉妒的，莫过于毫无功绩又雄心勃勃的抢功，明显是为了将荣耀专揽在手。而对大人物来说，最能消除嫉妒的，就是给下属充分的权利和重要的职位，如此，便让他们与嫉妒之间有了层层屏障。

更有甚者，用一种傲慢不敬的态度来彰显他们的富有，这些人最易受到他人的嫉妒。他们总要显示自己的伟大，或以炫耀，或以争强好胜的方式，才觉得满意。而有智之人则宁可给嫉妒贡献点什么，在自己不甚关切的事件中故意被人阻挠或压倒。态度举止平易、坦荡（不带骄矜与虚荣），比多诈而狡猾的态度少受人嫉妒。因为用后一种举止，一个人只不过是不承认他是幸运的，又似乎意识到他本人是欠缺价值的，因而这只是在引导别人去嫉妒他。

最后，再说几句，将这一部分结束。我们一开始就说过，嫉妒是蛊惑人心的，与巫术相似。那么要预防嫉妒的产生，就不妨采用点巫术，把容易招致嫉妒的缘由转移到别人身上。为了达到这一目的，有些比较明智的大人物，凡有抛头露面出风头的事情，都找替身去登台表演，自己则躲在幕后。这样一来，群众的嫉妒就落在别人身上了，诸如此类。而总有天性莽撞而好事之徒代人受过，这些人只要能得到权力和职务，愿意付出任何代价。

我们再来说说公妒。公妒至少还有一点好处，私妒则是一点好处也没有的。因为公妒好比一种希腊式的陶片放逐制度[4]，会在有些人过于位高权重的时候压制他们。因此，公妒对于大人物来说是一种约束，可防止他们越轨。

这些公妒，拉丁语叫作 invidia，现在我们称之为“公愤”，这一点在“论叛乱”那一篇中会提到。这是国家的一种疾病，就像感染了毒素，毒素蔓延到全身，嫉妒也是如此，如果在国家中产生了“公愤”，那么这种心理将使国家最好的举措遭到诋毁，败坏国家的名声。所以为政者若把得人心的举措与不得人心的举措相混而行之，是得不到任何益处的。因为那不过表露了懦弱和对嫉妒的畏惧，这种畏惧于国家不利。这又如染毒常有的情形一样，你越怕它们，它们就越找上门来。

这种公妒好像主要专攻那些重臣大吏，而不涉及君王贵族。但是这是一条铁定的定律：假如对某位大臣的公愤很深，而这位大臣本身招致嫉妒的原因又不明了，或者这种公愤遍及一国之中的各个大臣，那么这种公愤（虽然是隐而不显的）于国家不利。以上就是关于公妒或公愤以及它与私人嫉妒的差别，而有关于私人的嫉妒，我们在先前已说过了。

关于嫉妒，不妨再补充几句：在所有的情绪中，嫉妒是最强烈、最持久的，因为其他情绪不过是偶尔有之。古人说得好：“嫉妒是没有假期的。”因为它总是活动在人的心中。此外，还有人发现，恋爱与嫉妒会使人憔悴，其他情绪不会，因为其他情绪不会像爱情与嫉妒那样缠绵不绝。嫉妒也是最卑劣、最堕落的情绪，所以嫉妒是魔鬼的固有属性。魔鬼被人们称作“夜里在麦田里种稗子的嫉妒者”，因为嫉妒总是秘密地在暗地中活动，并且对麦子这类好东西造成很大的损害。

译注

1. 纳尔塞斯，拜占庭皇帝查士丁尼一世的宦官。
2. 阿戈西劳斯（约前 444—前 360），古希腊斯巴达国王。
3. 帖木儿(1336—1405),帖木儿帝国的奠基人,被称为“跛子帖木儿”。
4. 此处指贝壳放逐法或称陶片流放制，是古雅典民众大会中一种特殊的投票法,公民将其认为可能危害民主政治的人的名字记于陶片上，某人票逾半数，则此人被放逐十年。

十
论爱情

舞台比人生更受益于爱情。在舞台上，爱情通常是喜剧，偶尔也有悲剧，而在生活中，爱情很容易招来不幸。爱情有时像一个蛊惑人心的美女，有时又像一位睚眦必报的复仇女神。我们发现，取得丰功伟绩的人（不论是古人还是今人，只要是其英名永远铭记在人类记忆中的），没有一个为了爱情而发狂，因为伟大的事业抑制了这种脆弱的情感。然而我们要把曾为半个罗马帝国的统治者的安东尼和十大执政官之一兼立法者亚壁·克劳狄作为特例。前者的确是一个好色荒淫的人，后者却是一个严肃多谋的人。这说明爱情不仅会占领敞开的心田，有时也能闯入壁垒森严的心灵——假如守御不严的话。

伊壁鸠鲁[1]说过一句蠢话："人生不过是一座大戏台。"

似乎本应努力追求高尚事业的人类，却只像玩偶般逢场作戏。虽然爱情的奴隶并不同于那帮只顾吃喝的禽兽，但毕竟也只是眼目色相的奴隶，而眼睛本来是有更高尚的用途的。

过度地追求爱情，必然会降低人本身的价值。比如，爱情中常会出现谄媚夸大的言辞，而在别的场合，这种言辞只会让人发笑。古人有一句话说得好："人们总是把最大的奉承留给自己。"只有面对情人时才会发生例外。甚至最骄傲的人，也甘愿在情人面前自轻自贱。所以常言道："要恋爱又要保留尊严是不可能的事情。"情人的这种弱点不仅在外人眼中是明显的，在被追求者的眼中也很明显——除非双方彼此倾慕。所以，爱情的代价就是如此，得不到回应，就会得到一种深藏于心的轻蔑，这是一条永恒的定律。由此可见，人们应当提防这种情感，因为它不但会使人丧失其他，而且可以使人丧失自我。

至于其他方面的损失，古代诗人早就告诉过我们："喜爱海伦的人舍弃了赫拉和雅典娜的赏赐。"[2] 因为无论何人，过于重视爱情，就会自行放弃财富与智慧。

人心最软弱的时候，爱情最容易入侵，那也就是当人春风得意或处境窘困的时候，不过人们未必注意到后一种情况。人在这两种情况下，最急于跳入爱情的火焰中。由此可见，爱情是愚蠢的产儿。

但有一些人，即使心中有了爱，仍能约束它，使它不妨碍自己的事业。爱情一旦干扰情绪，就会阻碍人坚定地奔向既定的目标。

我发现武士是最容易坠入爱河的，虽然不明白缘由。我想这与他们的酒瘾相关，处于危险工作之中使他们更需要寻求快乐作为弥补。

每个人的心中都普遍存在博爱的情结。如果不把爱集中在一个或几个人身上，那就必定会散播给更多的人，从而变成仁慈的人，有时在僧侣身上可见。

夫妇之爱使人类繁衍后代；朋友之爱给人以帮助；但荒淫纵欲的情爱，会使人堕落。

译注

1. 伊壁鸠鲁（前341—前270），古希腊哲学家，伊壁鸠鲁学派创始人。
2. 希腊神话故事，阿耳戈英雄珀琉斯与海洋女神忒提斯结婚时，掌管争执的女神厄里斯带来一只金苹果，上刻“属于最美者”字样，参加婚宴的天后赫拉、智慧女神雅典娜和爱神阿佛洛狄忒都自以为最美，应得金苹果，争执不下，请特洛伊王子帕里斯公断，并分别以富贵、荣誉和美女私许帕里斯。帕里斯愿得美女，就把金苹果判给阿佛洛狄忒，后得其帮助，诱走斯巴达王墨涅拉俄斯之妻美人海伦。墨涅拉俄斯之兄阿伽门农因此组织希腊联军远征特洛伊，战争十年，终于用木马计攻破城池，夺回海伦。

十一
论高位

身居高位的人是三重意义上的臣仆——君主或国家的臣仆、名誉地位的臣仆以及事业的臣仆，所以他们没有自由。他们不能自由地言行，也不能自由地支配时间。为了得到权力而失去自由，或者说为了得到凌驾于他人的权力而失去统治自己的权力，这是一种怪诞的欲望，何况取得权势并非一件容易的事。

跻居高位要忍受很多痛苦，然而最终得到的可能是更深的痛苦。为了得到权势，人们常常会不择手段。即使达到高位，一旦垮台便是身败名裂，这的确是一件可悲的事。“雄风已不再，何故欲贪生。”（西塞罗[1]）人们在想退休的时候不能退，又在应该退休的时候不愿意退。反言之，人们都忍耐不了退休后的生活，甚至因年老多病需要退位隐居的时候也是如此。正如那些已风烛残年的老人，仍然闲坐在家门口，摆出一副老相，惹人笑话而已。

有趣的是，身居高位的人只能通过别人的看法来确认自己的幸福。而如果根据自身的感觉来判断，就很难确定自己是否幸福。他们能引以安慰的，只是别人对自己的羡慕和模仿。这使他们得到骄傲和荣誉，但与此同时，他们的心情也许恰恰相反。他们会时时感到忧虑，尽管他们只有在结局到来时才能真正意识到自己的错误。身居高位的人，往往没有时间顾及自己身心的健康。塞涅卡说过："虽然名满天下，对自己却一无所知，就这样离开人世是可悲的。"

身居高位的人既能行善又可作恶，但后者会遭到舆论的谴责。在自我要求上，最好是不愿意做坏事，而不是不能做坏事。做好事的思想是值得称赞的，虽然上帝已经接受了，但如果不付诸实践，对于现实来说只是一场梦。许多有利于人类的好事的促成，都需要借助于权势。成功与美德是衡量人生事业的两种尺度，同时具备这两者的人是幸福的。所以，人行事应当做到即使面对上帝也不感到亏心，如此方能获得灵魂的"安宁"。正如《圣经》所说："神看着一切所造的都甚好。"

身居高位之初，应该为自己找到工作上的榜样。此外，还应从过去那些不称职的人身上吸取教训。当然，这样做不是为了贬低他人，而是为了避免重蹈覆辙。同样，如果有所革新，也不是为了诋毁历史，而是为了给后人开创好的先例。掌权者应当研究历史，尤其要注意分析好的事物是什么时候蜕化和怎样蜕化的，同时应了解当代与历史的不同特点。对于历史，应当寻找其中最优秀的东西；而对于现代，则应当寻找当前最实用的东西。

身居高位者应当力求使自己的行动有规律性，以便人们能有所遵循，绝对不要过于自信和自负。当需要变更成规的时候，应该把这样做的理由向公众解释清楚。

掌权者会享有特殊的权力，但对于这种特权，与其炫耀，不如默享，更不应当滥用这种特权干预法律，同时也必须照顾下属的权益。对下属的事，只应做原则性的指导，而不要事事插手。

用权时，要善于接受并且寻求对你有益的忠告和建议，不要把那些“好管闲事”的热心人拒之门外。

掌权者易犯的过错有四点：延误、受贿、蛮横和被欺惑。避免延误的办法是守时，当断则断，不要把必须做的事情都积压起来。要矫治贿赂的恶习，除了杜绝下属接受一切不义之财之外，也决不给那些行贿者恩惠和利益。不仅不能受贿，也不能给人留下你可以用财物收买的印象。要使人知道你不仅反对受贿，而且十分憎恨行贿者。如果对某件已决定的事情无明显理由地突然改变看法和行动，那么就可能是主管者因收受了某种贿赂而改变意图。因此，当你要改变一种观点或做法时，一定要把这样做的目的以及改变的原因公布于众。要注意，仆人或亲信由于与有权势者关系密切，常常可以成为贪污受贿的秘密渠道。至于蛮横，应当知道，这比严厉更糟。严厉能产生敬畏，而蛮横只能招致怨恨。身居高位者最好不要轻易责骂下属，如果非责备不可，态度也要庄重、严肃，绝对不可以使用讥讽的语气。至于被欺惑，比受贿赂的危害更大。因为贿赂只是偶然发生的，而一个掌权者如果容易受欺惑，那么他就永远只会不自觉地照别人的意志办事。如所罗门所言："看人的情面，乃为不好，人因一块饼枉法，也为不好。"

古语说得极是："地位显出为人。"地位可能突出某些人的长处，也可能显出某些人的短处。"假如他从来没有做过皇帝，但公意也要说他是适于做皇帝的。"这是塔西佗说加尔巴的话，关于韦斯巴芗他却说："韦斯巴芗是唯一因为有了权力而人格增进的皇帝。"不过前一句话是说能力，而后一句是关于品性的。一个人因有权位而增进人格，这是他的人格高尚而宽宏大量的确证。因为权位是，或者应当是，德行之所在。如自然界一样，事物向自己的位置移动的时候，其动甚烈；而待在自己的位置时，其动甚缓，德行也是如此，努力上位的时候是猛烈的，而在当权的时候是安稳平和的。一切跻身高位的行动都像爬螺旋式的楼梯一样，若遇派别之分，最好是在上升的时候加入某派而在已腾达之时保持中立。对待前辈的名声应该秉持公正、爱护的原则，如果不这样做，那么就成了一种债务，在你离开后也一定要偿还。如果你还有同事的话，那么要学会尊重他们，要在他们没想到会受到款待的时候邀请他们，也不要在他们希望被邀请的时候拒绝他们。在私下里交谈和回复他人请求的时候不要过于在乎自己的地位，相反最好能给人一种印象，就是“他在工作的时候好像变成另外一个人了”。

译注

1. 西塞罗（前 106—前 43），是古罗马哲学家、政治家、雄辩家。

十二

论大胆

有人问德摩斯梯尼[1]，一个演说家最重要的才华是什么？德摩斯梯尼回答："是表情。""其次呢？""是表情。""再其次呢？""还是表情。"这段问话虽然是小学课本中一段为人烂熟的故事，但是值得每个人去深思。说这句话的人是最懂得这句话的内涵的，但并不能帮助他宣扬这个观点。表情在一位演说家所有的才能中不过是表面的一种，并且是属于戏子的一种长处，竟会被抬得这样高，超出其他的长处，如独创、口齿清晰等。不仅如此，好像这一种表面的才能是独一无二的，是一切的一切似的，这真是怪事了。然而其中的道理是显而易见的，人性中的愚蠢比明智要多，那些能够去除愚蠢的才能是最有效力的。

与这种情况极其类似，在政治中具备的才能，最重要的是什么？“大胆。”其次、再其次呢？“大胆”。然而大胆不过是没有才识和低贱者的一种手法，较之其他的素养要低下得多。尽管如此，它却能迷惑并控制那些见识浮浅或胆量不足的人，而这种人又是多数。更有甚者，大胆也能迷惑意志不坚定者。因此我们常见到大胆在民主国家中有奇效，而在统治阶级或君主的国家中则不是如此。大胆总是在勇敢的人初次活动的时候功效大，之后就没有这么大的效果了，因为大胆的人是不善守信的。你可以看到许多诸如大胆的穆罕默德的奇迹：穆罕默德让民众相信他，说他要把某一座山叫到他面前，然后在那座山顶上为那些信奉他教律的人祈祷。民众聚集在一起了，穆罕默德一次又一次地叫那座山到他面前来，然而那座山屹立不动。在这时候，他一点也不沮丧，反而说道：“要是山不肯到穆罕默德这儿来，那么穆罕默德就到山那儿去。”有在人体上行骗的江湖郎中，也有在政体上行骗的江湖郎中，当他们预先答应了很重大的事情而很可耻地失败的时候，依然（假如他们有完全的勇气的话）会把这种失败一言带过，并且转而言他，不再顾及。

毫无疑问，在见识远大的人看来，所谓有胆识的人是一种可笑的人。就是在一般人的眼中，大胆也是有点可笑的。假如“荒唐”是引人发笑的对象的话，那么你可以确信无所畏惧者是难免没有一点荒唐之处的。尤其可笑的是在一个勇夫被人揭穿而失败的时候，因为这样一来，就使得他的面容变得极其猥琐、呆板了。这是必然的，因为在退让中，人的精神是有回旋余地的，但是那些勇夫在上述的情形之中只能呆若木鸡，好像下棋结果是平局一样，不算输，却已经是僵局了。最后所说的这种事倒是较适于讽世的文章，却不适于严肃的论说。

还有一点值得深思，大胆永远是盲从的，它会忽略危险和困难。因此，大胆在思考谋略时是不值得推荐的，但落实到行动上是好的。不要让胆大的人做统领，而是让他们做副手，听从他人的指挥、安排，因为要在计议时看到危险、隐患，行动时则可以忽略，除非危险太大可能导致灭亡。

译注

1. 德摩斯梯尼（前 384—前 322），古希腊雄辩家、政治家。

十三
论善与性善

我所理解的善就是要给人们带来幸福。这就是希腊人所说的“慈善”（Philanthropia），用“人道”（humanity）一词加以解释是有一点不相称的。“慈善”的习俗被我们称为“善”，而其自然的倾向则被称为“性善”。这在所有精神品格中是最伟大的，因为它是上帝的德行。如果没有这种德行，人就会成为一事无成的、为害的、下贱不堪的东西，比害虫好不了多少。“善”与神学中的德行“仁爱”相符合，不会过度，但可能有错误发生。过度追求权力的欲望会导致天神堕落，过度追求知识的欲望会导致人类堕落，但是在“仁爱”之中是没有过度的，无论是神，还是人，都不会因它而遭遇危险。

向善的倾向印在人性的最深处。这种倾向不面向人类，也要施与别的生物，这一点可从土耳其人身上看到。土耳其人是非常残忍的，然而他们对待禽兽十分仁慈，并且常常会施舍狗和鸟类。据巴斯贝克的记述，君士坦丁堡有一个基督教徒青年，因为在玩闹中塞住了一只长喙鸟的嘴，差一点被人用石头打死。

在这种“善”或“仁爱”的德行中，有时的确会有错误发生。意大利人有一句骂人的话：“他太老好人，简直成了废物。”意大利的宗师之一马基雅弗利[1]也居然有这种自信，几乎明明白白地写道：“基督教把善良之人做成鱼肉，贡献给那些专横无道的人。”他说这话，是因为真的从来没有一种法律、教派或学说曾像基督教一样推崇“行善”。

因此，为避免上述诽谤及危险，最好研究如此优良的一种习惯错在哪儿。我们要努力利人，但是不要做人们妄想的奴隶，那样就是易欺或柔弱了，易欺或柔弱囚住了诚实的人。不要把宝石给《伊索寓言》中的公鸡，这公鸡要是得到一颗麦粒的话要快乐多了。上帝的例子给我们很真切的教训：“上帝让日头照好人，也照歹人；降雨给义人，也给不义的人。”然而他不降财富，也不把荣誉和德能平等地分给所有人。平常的福利应该使大众共有，但是特殊的福利应有选择。我们要小心，不可在临摹的时候把原样毁了。因为神学教给我们，当以人之爱己为模范，爱我们的邻人则是这种爱己之心的仿作。《新约》中说：“变卖你的所有，分给穷人，并且跟我走。”除非你要跟从我，否则不要把你的所有都变卖了。除非你有能力用很少的资产跟用很多的资产一样行善，否则那样做就是饲养了支流，却汲干了源泉。

不仅有受正道指挥的为善的习惯，有些人本性中就有一种向善的心理趋向。相对地，有的恶是一种天生的恶性，有些人天性不关心他人的福利。较轻的恶的趋向是暴躁、不逊、喜争或顽强，等等，而较深的一种则趋向于嫉妒或纯粹的毒害。这样的人可说是靠别人的灾难而获得乐趣，并且会落井下石，他们都不如那些舔拉撒路的疮的狗，如同那总在溃烂的东西上嗡嗡叫的苍蝇。这些“恨世者”惯于诱人自缢，而在他们的园中却连让人上吊的树也没有。这样的心性是违背人性的，然而他们正是制造大政客的最合适的材料。他们如同曲木一样，造船最好，船是天生要颠簸的，却不适于造房屋，房屋得挺拔、稳固。

行善的方式有很多。如果一个人对待异乡人温和有礼，那就足见他是个“世界公民”，他的心不是与别的陆地隔绝的岛屿，而是与那些陆地接连的大洲。如果他对别人的遭遇深表同情，那就表明他是疗愈别人的一剂良药，为了提供香膏，必须切割自己。如果他对别人的罪行宽恕不究，那就说明他的心灵凌驾于伤害之上，是伤害所不能及的。若是他对于小惠也懂得感恩，那就表明他重视人们的心而不重视他们的钱。但是，最重要的一点是，如果他有圣保罗的德行，肯为了兄弟的解脱而甘愿遭受基督的诅咒，那么这个人就很合乎天道，并与基督精神相符了。

译注

1. 马基雅弗利（1469—1527），意大利政治思想家、历史学家，著有《论李维》《佛罗伦萨史》等。

十四
论贵族

关于贵族，我们先把它当作国家中的一个阶级，再把它当作个人的一种品质来探讨。

一个全然没有贵族的国家可谓一个极端专制的国家，土耳其就是这样一个国家。由于贵族是调节君权的，他们将臣民的目光转移，减少对皇室的关注。民主国家是不需要贵族的，它们比有贵族的国家更为平静，不易有叛乱，因为人们的眼光集中在事上而不在个人上。或者，即使眼光是在个人身上，也是事的缘故，是为了知道某人于这件事适当与否，而不是想知道派别与血统。瑞士是一个长治久安的国家，虽然国中有很多宗教派别，行政区也不一致，因为维系他们的纽带是共同的利益，而不是对在位者个人的崇仰。低地国家的联省政府极其出色，因为在平权的地方，政治上的集议是比较重事而不重人的，人民对于纳税也较为乐意。一个强大有力的贵族阶级增加了君王的威严，可又削减了他的权力；使人民更有生气，更为活泼，可是压制了他们的福利。要想达到最好的效果，贵族不能高出君权或国法之上，要被保持在一定的高位上，民众想犯上的时候，那种桀骜之气在面对人君以前，先与贵族冲撞，如水击石而被分散冲击力。贵族人数众多，则国贫而多艰，因为开销太大。而且许多贵族必然早晚会家道衰落，结果就造成荣誉和财力之间不相称。

具体到贵族的个人身份来说，看到一座老旧的古堡或建筑仍然完好无损，或者看见一棵古树依旧挺拔的时候，总让人心生敬仰，要是见到一个历经风雨的古老贵族之家，其更为可敬。因为新的贵族不过是权力所致，老的贵族则是时间所致。起初升为贵族阶级的那些人多是比他们的后人富于财力而不如其纯洁的，很少有人能够腾达且没有用善恶交混的手段。但是这些人留在后代记忆中的只有长处，他们的短处则与身俱灭，这倒也是合理的。身为贵族多半轻视劳作，而本身好逸恶劳的人会嫉妒勤劳的人。再者，贵族无法升迁了，目睹他人上升难免产生嫉妒之念。另一方面，贵族身份能消灭别人对他们的那种消极的嫉妒，因为贵族好像生来就应享某种荣华富贵似的。不可否认，如果贵族中有可用的人才，那么君主就可以放宽心，清闲自在了，国家的事情会安排、进展得十分顺利。人民自然会按照贵族的指令行事，因为他们认为贵族天生就是给他们发号施令的。

十五

论叛乱

人民的捍卫者必须要了解并掌握国家政治风波的前兆。政治风波通常在达到势均力敌的时候最为迅猛，就好比自然界中暴风雨在春分或秋分的时候最为猛烈一样。暴风雨来临之际，会刮起沉闷的风，海水会波涛汹涌，国家也会有这种预示：

> 太阳也常常警告我们：动荡近在眼前，
> 阴谋和暗算随时会出现。

诽谤与漠视法律，对国家的利益不忠，当这些行为多见且公开的时候，还有那些与之类似的对国家不利的行为，谣言四起且被人轻易相信的时候，都是招致灾祸的前兆。维吉尔在叙述谣言之神的家世的时候，说她是巨人们的妹妹：

地亩因为恼恨天神，最后让她出生，

就是巨人科乌斯和凯恩拉都斯的妹妹。

似乎“谣言”是叛乱的遗物，其实却是导致即将发生的叛乱的前奏。维吉尔所说的是对的，叛乱的举动和招致叛乱的谣言的差异很少，就好比兄弟对姐妹、阳性对阴性。特别是在国家良好的举措中，本该是值得称赞并得到大多数人支持的行为，竟被加以不怀好意的诠释并受到诽谤，这表明国家中存在很大的嫉恨之心，如同塔西佗所说：“当政府不受欢迎的时候，好的举措和坏的举措同样触怒人民。”不过这些谣言只是叛乱的征兆，单纯用过于严厉的手段压制这些谣言也不是止乱的良方。反之，藐视这些谣言常常能遏制其发展，设法制止、干预反而导致疑虑加深。塔西佗所提到的服从是应当提防的：“他们虽是为兵者，但是对长官的命令乐于议论，而不乐于服从。”对命令和指示进行争论、辩解和吹毛求疵，是对束缚的摆脱，是违抗命令的尝试。如果在争辩中，那些持有赞成态度的人言行谨慎、态度温顺，那些持有反对意见的人却出言不逊的话，情况就如此了。

正如马基雅弗利所指出的那样，君王应为民之父母，但在自成一党、偏向一方的时候，就会像一条因载重不平衡而侧翻的船。法兰西国王亨利三世很明显地印证了这一点：他自己先加入神圣同盟要消灭新教徒，此后不久，这个同盟就将矛头指向他本人了。人君的权威若仅仅被塑造成达到目的的帮手，并且在君权的维系之上有更强大的束缚力时，那就是帝王者君权没落的时候了。

当冲突、互诟和党争公开而肆无忌惮地进行的时候，就说明人民对政府的尊敬之心已经消失。政府里大人物的举动应当如老派天文学中所说的初始动力之下的诸行星的转动一样，每颗行星受最高动力的支配而迅速运转，自转时则很柔和。因此，大人物在私动时过于暴烈，犹如塔西佗所言“放肆得目无主公”，就足见天体是失了常轨。因为“尊崇”是上帝用来维护人君的，而上帝发出警告说要解除：“我也要放松列王的腰带。”指的就是解除力量。

因此，当政府的四大支柱（宗教、法律、会议和财政）的任何一方受到冲击变得软弱的时候，人们就必须祈祷上天赐予平和、安宁的天气了。我们现在暂且搁置关于预兆的这部分（这部分在下文中还会提及），先说叛乱的原因，再说它们的动机，最后再谈根治之道。

下面来谈谈叛乱的原因。这是一件值得深思的事情，因为最为妥当的防止叛乱产生的方法（假如时代允许的话）就是找到叛乱的原因。如果已经备好了柴火，那点燃它们的火星就说不定会从哪一方面来了。叛乱的原因有两种：一是贫困、艰难和大量存在的不满情绪。毫无疑问，有多少破产的人就有多少叛乱的拥护者。卢坎对于内战前的罗马说得极是：

从此产生了掠夺人的高利贷和贪婪的利率；

从此产生了信用的动摇和那对于多数人有利的战争。

所谓“对多数人有利的战争”，是表明一个国家将发生叛乱。如果把上流阶层的贫困和破产与普通群众的穷苦关联在一起的话，那么就要发生巨大的祸乱。因为饥饿的作乱是最难平息的。至于怨愤，它们在政治团体之中就如人体的体液一样，是会聚积一种异乎寻常的“火”而发炎的。为人君者万不可以这些怨愤的正当与否作为衡量这种危险的标准，因为这样就是把民众想象得过于理智了，他们其实常常会拒绝于自己有益的事物。也不可以怨愤所产生的痛苦的大小为标准，因为当恐惧之情远超痛苦的时候，这种怨愤是最危险的。“痛苦有限，恐怖无边。”除此之外，严厉压制下也能消除勇气，在恐惧之情中却不是如此。任何君主、任何国家都不要因为怨愤常有，危险却不常发生，就对之不加提防。固然并非每一股水汽或雾气都能成为暴风雨，往往搅扰一阵就过去了，可是终究要倾盆而下的，就像那句西班牙谚语：“绳子终究要被最无力的拉扯弄断。”

叛乱产生的原因和动机有：宗教改革，赋税的负担，法律与风俗的更改，特权的废弃，普遍的压迫，小人的晋升，异族的侵入，频繁的饥荒，散兵极端的党争以及任何激怒人民并使其齐心协力团结起来的行为。

关于消除叛乱的方法，我们要说一说普通的预防之策；至于适宜的治疗，必须合乎特殊的病症，不能由理论处理，必须留给朝议。

第一种救治或治疗的方法就是尽可能消除我们以上说过的引起叛乱的物质原因，即国内的贫乏。应当采取如下方法：开放与均衡贸易，重视工业，消除懒惰，以节俭制止消耗与浪费，改良并开垦土壤，调整物价，减轻赋税以及类似的方法。总而言之，应当预先注意国家人口（尤其是没有受战争影响的时候）的数量，不可仅以数目来计算，而是控制在可供养人口的数量以下。一个人数较少而消耗大于生产的国家比一个人数较多而消耗低于生产的国家，在人口方面的破坏更为迅速。若贵族及其他官爵人口的增加超过了平民人口增加的正常比例，很快就能把一个国家带到贫困的境地。

僧侣过多也会如此，这些阶级都没有产出。当培养出来的学者数多于职位数的时候，也会产生同样的问题。

既然任何国家的财富的增加都必须从外国获取（因为有得必有失），那么只有三种东西可以出售他国的：天然的物产、人造的物品以及运输。若这三个轮子转动不息，财富将如春水一样流通。再者，往往“劳动胜于物质”，即工作和运输比物质更有价值，更能利于国富，荷兰人就是很明显的例子，他们有全世界最发达的工业和贸易。

最重要的是要推行好的政策，以免国家的珍奇宝物落入少数人的手中。否则，即便这个国家有很多财富，将仍然有很多人处于饥饿中。金钱好比肥料，如果不均匀地洒在土地上，便没有任何好处。要使它普及，就是禁止或严厉约束那些贪婪的生意，如高利贷、垄断、广大的牧场，等等。

再说到消除怨愤或至少消除怨愤的危险成分。每个国家都有两种臣民：贵族与平民。在二者之中只有一方心怀怨愤的时候，危险是不大的，因为平民若没有上层阶级的挑拨，动作是迟缓的；而上层阶级，若群众不能或不准备支持他们的举动的话，就不能强大自我力量。所以当上层阶级看到下层民众起了骚动，他们随即表态响应，就是危险的时候。诗人们杜撰说，其他神想把朱庇特捆绑起来，朱庇特听说了，于是根据帕拉斯的劝告，召来了百手巨人布里阿柔斯，让他用他的一百只手来帮助自己。这个寓言表明：君主若能获得平民百姓的支持，就是安全的。

让人民自由地发泄痛苦与不满（只要不过于不逊或夸张），就是一种安全的方法。因为人如果把体液压抑回去，就会使伤口的血朝体内流去，有发生恶性溃疡和恶性囊肿的危险。

与怨愤有关的情形，埃庇米修斯的所为是很适于普罗米修斯的，再没有比他的所为更好的预防怨愤的方法了。埃庇米修斯在许多痛苦与祸患飞到外面之后，终于盖上了盖子，把希望留在了箱底。得宜而巧妙地培植希望，引导人们从这个希望到那个希望，无疑是治疗和缓解怨愤之毒的良药。当一个政府不能以满足人民的欲望而得人心的时候，若能以希望来控制人心，并且处理事务时使任何祸患都显得有解决的希望的时候，可见其为一个贤明的政治当局了。后者较易做到，因为个人和党派都易自我奉承，或者至少巧言迎合。

还要深谋远虑，防患于未然，不可让不满的人们投奔于合适的领袖门下，并在他的领导之下聚集起来。这是一个众所周知又极佳的警惕要点。所谓合适的领袖，就是有大度和大名的人，受心怀不满的党派的信任和敬仰，被认为在自身利益上也有所不满。若有这样的人，应当把他拉拢过来，使之与政府修好，这是一种见效快而又理想的方法；或者让他

十五
论叛乱

与同党中的反对派相制衡，使其名誉分削。一般来说，分裂不利于政府的党派集团，使之自相为仇，或者至少互不置信，这算是一种较好的治疗怨愤之方。假如支持政府措施的人们充满了不和或党争，反对政府者却团结一致，情势就极其严重了。

我曾注意到，从君王口中说出的某些尖刻的话语会引起叛乱的火花。恺撒曾以“苏拉[1]对于文学是门外汉，所以不懂独裁”一语给自己带来无穷的危害，这句话使希望他早晚放弃独裁的人完全失望了。加尔巴以“我不收买兵士而征募兵士”一语招来了杀身之祸，这句话使得兵士们都失去了对赏赐的盼望。同样，普罗布斯[2]以“假如我活下去，罗马帝国将不再需要兵士了”一语而险些丧命，因为这句话使兵士们大为失望。还有许多类似的例子。为人君者，在危险和不安的时代，须慎其所言。尤其是这些简短的言辞，它们飞行如箭，并且被人们认为是从君王的私心中无心泄露出来的；至于长篇大论，则是枯燥无味的东西，不如这些话受人注意。

最后，作为君主，为避免不测，应当在身边预备一名或几名有勇有谋的人，以应对叛乱谋反之需。如果不备用这种人，一旦发生叛乱，国家即会惊慌失措，政府就将陷入如塔西佗所说的危险之中：“此种伤天害理之恶行，敢为者寡，想为者众，容忍者悉数也。”但是备用军须忠实可靠，不可喜党争而结欢于众，还得与政府中其他大人物的地位相称，否则药就比疾病本身更为有害了。

译注

1. 苏拉（前138—前78），古罗马统帅、独裁者。
2. 普罗布斯（232—282），古罗马皇帝（276—282），被叛军所杀。

十六

论无神论

我宁愿相信《金传》《塔木德经》以及《可兰经》中的全部寓言，也不愿相信这宇宙的构成缺少一个主宰精神灵魂的说法。上帝从未创造奇迹来驳斥无神论，因为神灵所创造的日常的一切就足够驳倒无神论了。哲学思想会使人倾向于无神论，这是毋庸置疑的；但是深究其中的奥秘，又会使人心皈依宗教。因为当一个人的全部精力专注在各种各样、七零八落的次因时，一个人的精神就会停留在这些次因中不再前行；但是当他专注于相联系的次要因素时，他就飞向上帝与神了。不仅如此，甚至最以无神论见世的哲学学派（即留基波、德谟克利特和伊壁鸠鲁的学派），却最能证实宗教。有学说主张这宇宙万物的秩序与美不经神圣的领袖的安排，而由四种可变的元素和一种不可变的第五元素经过适当且永久的安排创造的；另一种学说主张这宇宙万物的秩序与美是全仗着一大群无限小、无定位的原子构成的，前一种要可信一千倍。《圣经》说“愚顽人心里没有神”，但是不曾说“愚顽人心里想没有神”，其意思就是愚顽人按着习惯跟自己说的，他并不是完完全全地相信这种说法的。因为除了那些主张无神论于自己有利的人外，没有人否认神的存在。无神论者总在谈论他们的主张，好像自己心虚而需要别人的赞同来扶助自己似的，由此可见，无神论是口头上的而不是心里的。不仅如此，我们会看见坚守无神论的人在努力招收信徒，就像其他宗教派别一样。最重要的一点是：他们中有些人宁愿为了无神论受刑也不愿反悔、背叛自己的信念。但是如果他们真心相信世上无神的话，那他们为什么还要自寻苦恼呢？伊壁鸠鲁曾说过，世上是有神明存在的，不过他们大都逍遥自在，不问世事。有人不认同了，认为这不过是为了他的名誉而胡乱一说罢了，其实他心里根本就不相信有神明。但是，毫无疑问，伊壁鸠鲁这是遭受了诽谤，他的话其实是高贵而且真诚的，“渎神之举不在于否认神灵的世俗的存在，而在于以世俗之见加之于神灵。”就是柏拉图也不能说得比这更好了。再者，伊壁鸠鲁虽然有胆量否认神的治理，却没有能力否认神的性质。印第安人的各神都有名字，上帝却没有名字（就好像假设异教徒有朱庇特、阿波罗、马尔斯等名字，而没有“神”这个字似的）。这就足见这些野蛮人也有关于神的观念，虽然比不上文明人关于神的观念之广大与精深。因此，在反对无神论者这件事上，野蛮人和最博学的哲学家是站在一边的。思想家中的无神论者是很少见的：一个狄亚哥拉斯[1]，一个彼翁[2]，也许还有一个卢奇安[3]和其他几位而已。然而就连他们好像也名过其实，因为凡是对既立的宗教或迷信提出异议的人总被反对者加以无神论者之名。但是实实在在的无神论者乃伪善者，搬弄神圣的东西而毫无所感，因此他们终究是麻木不仁的。

产生无神论的原因有很多：一是宗教分成多派，多次分裂会导致无神论；二是僧侣失德，就如圣伯尔纳所说的一样：“我们现在不能说僧侣犹如一般人，因为一般人的品性比僧侣好。”三是亵渎和嘲弄神圣事物的风气，这种风气逐渐损毁了宗教的尊严；最后一个原因是学术的昌盛，尤其是同时享有太平与繁荣的时代，因为祸乱与困厄较能使人心倾向宗教。

否认有神的人是在毁灭人类的尊贵。因为人类在肉体方面的确与禽兽相近，如果在精神方面再不与神相似的话，那么人就是一种卑鄙、下贱的动物了。同样，无神论也毁灭了英雄气概、阻碍了人性的提高。以一条狗为例，当它发现自己受一个人的保护的时候显得如何高贵勇武，这个人对于它就是一位神灵，或者是一种更高的品性。这是由于那只狗对于一种较自己的天性更高的天性有信仰。显然，动物若不怀有这种信仰则永不能达到这种勇武。人也是这样，当他信赖神灵的保护及恩惠，并以之自励的时候，就能聚积一种力量和信心来，这种力量和信心单凭人性的本身是得不到的。因而，无神论在其他方面是可恶的，而在这一方面也是如此，即它剥夺了人类升华人性的助力。对个人也是如此，国家亦然。史上从没有一个国家能像罗马那样强大，而对于这个国家的描述我们来听听西塞罗是如何说的："不论我们自己多么自视清高，但我们在人数上比不过西班牙人，在耐力上超不过高卢人，在狡猾上胜不过迦太基人，在艺术上敌不过希腊人。并且对这片土地的热爱之情，连土生土长的意大利人和拉丁人也超越不了。然而在虔诚和宗教信仰上，并且在大智慧上，即认为世上的一切皆由众神的意念所主宰这一点上，我们是超越任何国家和民族的。"

译注

1. 狄亚哥拉斯，古希腊哲学家，外号"无神论者"。
2. 彼翁，讽刺诗人。
3. 卢奇安，古希腊作家，无神论者。

十七
论迷信

对于神灵，可以没有看法总比有看法但这种看法是对神灵不敬的好。因为前者算是不信神灵，后者则是侮辱神灵了，迷信就是侮辱神灵。关于这一点，普卢塔克[1]说得很对："我宁愿人家说从来就没有过普卢塔克这么一个人，也不愿被人家说从前有一个普卢塔克，可是他的儿女一生下来，他就要把他们全吃了。"这就好比诗人关于萨图恩[2]所说的话一样。这种对神的侮辱越大，则对人的危险也越大。

无神论把人类交给理性，交给哲学，交给天然的亲子之情，交给法律，交给名声。所有这些东西，即使不是宗教，也可以引导人类使他们拥有一种外表上的道德。但是迷信取代了这一切，在人的心里树立一种绝对的君主专制思想。无神论从没有扰乱过国家，因为它使人小心自重，人们除了自己的福利以外就没有别的顾虑了。所以我们看见那些倾向无神论的时代（如奥古斯都大帝之世）都是太平时代。但是迷信曾经扰乱过许多国家，它带来了一个新的初始动力，这初始动力是要把政府的诸天都离乱。

迷信的主人公是民众，在一切迷信之中，智者是追随愚人的，理论颠倒过来适应现实。在特伦托公会议中，经院派的学者们是很占优势的，有些高级教士曾意味深长地说，经院派哲学犹如天文学。天文学家假设了离心圈、本轮及此类的星球运行方式，虽然他们知道没有这种东西。同样，经院派的学者们造出了许多奥妙复杂的原理和定律以解释教会的行为。

迷信的原因有：注重悦人耳目的礼仪；过度地注重外观与华而不实的虔诚；对传统的过度尊崇，这种传统只会加重教会负担；高级僧侣为私人的野心或财富而设的计谋；过于看重个人的“良好用意”，而这种用意是足以标新立异的；以人间的事理来猜测神明，这是一定会产生杂乱的狂想的；最后，还有野蛮的时代，尤其是与灾祸有关的时代的频繁出现。

迷信如果缺少掩饰，则会变成一种丑恶的东西。就好比猿猴，因为它们长得像人，所以人就会觉得它们丑陋。同理，迷信的东西类似宗教，会使得其变得更加丑恶。就好像新鲜的肉腐烂生蛆一样，优良的庆典仪式也可以腐化成很多琐碎繁杂的礼节。有时候人们会认为远离迷信就是良好的行为，就会产生反对迷信的活动。因而我们要留心，不可良莠不分、一同摒弃，这种情况常在普通民众成为变革家的时候发生。

译注

1. 普卢塔克（约 46—约 120），古希腊作家，代表作《希腊名人比较列传》。
2. 萨图恩，古罗马神话中古宇宙之主宰，被其子夺位。

十八
论旅行

对于年轻人来说，旅行是一种学习方式；而对于年长者来说，旅行是一种经验的累积。当一个人打算去某国旅行时，首先要掌握该国的语言。如果一个年轻人在旅行的路上，身边有一个对该国语言和风俗了解透彻的向导，那么对旅行者来说将是莫大的帮助。不然，旅行者就会像一只被蒙住眼睛的老鹰，四处乱撞，很难说清自己的所见所闻。

在海上旅行时，尽管除了天就是海，航海家却总要写航行日志。而在陆地上，尽管有许多层出不穷的新奇事物，人们却常常忽略写日记。这很奇怪，难道一览无余的东西比应该认真观察的东西更值得记录吗？照理说来，在旅行中，是应该坚持写日记的。

到一个地方旅行时，要注意观察下列事物：政治与外交，法律与实施情况，宗教，教堂与寺庙，城堡，港口与交通，文物与古迹，文化设施如图书馆、学校、会议、演说（如果碰上的话），船舶与舰队，雄伟的建筑与优美的公园，军事设施与兵工厂，经济设施，体育，甚至骑术，剑术，体操，还有剧院，艺术品和工艺品之类。总之，留心观察一切值得纪念的事物，并且访问一切能在这些方面给你以新知识的老师或人。相对而言，有些典礼、闹剧、宴会、红白喜事等热闹一时的场面倒不必过于认真，当然也不应忽略不顾。

如果一个年轻人想通过一次短促的旅行迅速得到一些见识的话，以上所谈的方法是可以借鉴的。为了达到这一目的，他必须通晓所去国家的语言，还要找一个熟悉国情的向导，带上介绍该国情况的书籍、地图，坚持写日记。在每一地逗留时间的长短要根据所能获得知识的价值来决定，但最好不要耽搁过久。在某地住下时，如果可能，最好经常换住所，以便更广泛地接触社会。不要只找熟识的同乡，要设法接触当地的上流社会和人士，以便在需要时能获得他们的帮助。如果能结识各国使节的秘书和随员，那么你虽只到一国，却能得到许多国家的知识。在旅行时还可以去拜访一下当地有名望的贤达人士，以便观察一下他们的实际情况与所负的名望是否相称，但千万要避免卷入纠纷和决斗。这种对决的缘由不过是夺取情人、地盘、荣誉，或者语言冒犯。为了防止纠葛的产生，在待人接物上必须谨慎，在与那些性格莽撞的人交往的时候要格外小心，因为这类人总爱招惹是非。

在旅行结束回到家中后，不要把刚刚去过的国家抛之脑后，而应该与那些在旅途中结交的新朋友保持联络。此外还要注意的一点是，在回到家乡后不要故意穿一身异国情调的服饰，在他人询问旅途情况的时候，最好如实回答，不要夸大其词。不要给人家留下一种好像出了国就忘了本国的印象，而应该做一个将他国优良风俗习惯植入本国土壤中的人。

十九

论君权

渴望的东西少，恐惧的东西多，实在是可悲至极。若一个人极其尊贵，没有期望了就会萎靡不振；同时他会产生关于灾难、危害的想象，这又会使他心神不宁。这就是《圣经》所说的“君王之心也测不透”的一个原因。十分猜疑、畏惧，心中没有一种非常强烈的欲望完全占据并且制约其余的欲望，这种心理会使得任何人的心都难以测度。因此很多的君主都为自己创造欲望，并专注于一些小事上。这些事有时是迷恋一座建筑、有时是创立一种宗教、有时是提拔一个人、有时是专精一艺或一技。如尼禄之于琴，图密善之于射，康茂德之于剑，卡里卡拉之于御，许多这类人都是如此。[1] 这对于那些不知道下述规律的人好像是不可思议的，这规律就是人的心理乐于在小事上得益，而不乐于在大事上止步不前。我们经常会见到一些在早年就幸运地成为胜利者的君王，他们不可能永远一往无前，也会在幸运中受到限制，晚年的时候就变得极为迷信而且郁郁寡欢，比如亚历山大大帝[2]、黛克里先[3]，还有查理五世[4]，等等。那些一贯追求进取的人，后来碰了钉子，就开始自轻自贱，不再具有原来的秉性了。

下面我们再来说说贵族王权的非凡气质，这点是很不容易保持的。因为非凡的气质和庸俗的气场都是矛盾、冲突的产物。混合相反的事物是一回事，交换相反的事物又是另外一回事。阿波罗纽斯[5]回答韦斯巴芗的话极具教育意义。韦斯巴芗问他："尼禄覆灭的原因是什么？"他答道："尼禄善于调弦弄琴，可是在政治上，他有时把轴栓拧得太紧，有时放得太松了。"毫无疑问，突然施加威严，或者极度地松弛，都是不协调、不合时宜的变更，再没有比这些更有损权威的了。

的确，近代君主的统治之道，就是当出现危难的时候找到解决办法，而不是采取稳固的办法以防万一，是在与幸运女神争短长。人们应当小心，不可忽视或容忍变乱的事件逐渐酝酿。因为没有人能防止那星星之火，也没有人能够看出这火星将从何方来。君主的困难是众多而且巨大的，然而最大的困难却还在他们的心里。作为君主，产生自相矛盾的想法是常有的事情，就如塔西佗所说：“君主们的想法大都是强烈而又自相矛盾的。”所以权势的弱点就是想达到某种目的，但却不忍采取必要的手段。

作为君主，必须学会应付邻国、后妃、子女、高级僧侣或教士、贵族、二流的贵族或绅士、商人、平民、士兵等，如果不小心、谨慎的话，这些人都可能兴起危难。

现在谈一下邻国。关于这一点，除了一条永久不变的真理外，别无其他的定理，因为情况非常容易改变。这条永久不变的真理就是君主应当时刻警惕、监控，提防邻国（或以领土之扩张，或由商业之吸引，或用外交的手腕以及类似的方式）强大到比之前更危害本国利益的程度。要预料并防止这种情形的发生是政府永久性的工作。在英王亨利八世、法王弗兰西斯一世、查理五世大帝为欧洲领袖的时候，谁都不能得尺寸之土，如果有一位敢越雷池，另外两位立刻就要把那种情形纠正过来。其方法或采以联盟形式，或采以战争形式，并且无论如何绝不贪一时之利而讲和。还有那不勒斯王斐迪南、佛罗伦萨的统治者洛伦佐·德·美第奇与米兰大公卢多维科·斯福尔扎之间的那个联盟所为也与此相同。还有经院学派中某些学者认为没有被伤害或挑衅而作战，师出无名，是要不得的。敌人虽尚未给我们以打击，但是我们有充分的理由恐惧临近的祸患，这也算是发起战争的正当原因。

至于后妃，也有残酷的先例。莉维亚因为毒害丈夫而得恶名；罗克珊拉那，苏里曼一世[6]的王后，就是杀害那位出名的王子穆斯塔发的人，并且在别的方面也曾搅乱皇位继承；英王爱德华二世的王后在废除并杀害她的丈夫的事件中是主要人物[7]。最应当防范这种危险的时候，是当纳为后妃者阴谋扶立自己孩子或者有外遇的时候。

至于子孙，他们招致的危难也很多。一般来说，父亲对儿子心生猜疑，会发生不幸的事情。穆斯塔发之死（上面已经说到的）对苏里曼王室是一种致命伤，因为苏里曼王室自苏里曼一世以至今日的王位继承都有不正之嫌，恐是外来的血统，因为谢里姆二世被人认为是私生子。克里斯帕斯（一位非常温顺的青年王子）被君士坦丁大帝所杀，也同样是那个王室的致命伤，因为克里斯帕斯的两个儿子君士坦丁二世和君士坦斯，都死于非命，另外一个儿子君士坦堤斯，结局也不好，虽然确是病死的，但死在尤里安[8]起兵之后。马其顿王腓力普二世的王子德米特里厄斯之死给他的父亲带来了恶果，使其悔恨而死。[9]类似的例子很多，为父者因这种猜疑之心而得到益处的例子却很少或者压根儿就没有。只有在做儿子的公然举兵反叛的时候，才算例外，比如英王亨利二世和他的三个孩子。

至于高级僧侣，在骄纵有势的时候也可能招来祸害，坎特伯雷大主教圣安塞姆和圣托马斯·贝克特的时代即是如此。这两个人几乎以他们的木杖与帝王的刀剑相争，然而与他们抗衡的竟是强悍娇纵的君主威廉·鲁弗斯、亨利一世与亨利二世。这种危险并非来自僧侣阶级本身，他们倚仗国外势力的时候会产生危险，或者是僧侣们不受职于君主或经过遴选而是由民众推举的时候才有危险。

至于贵族，稍微疏远也不为过；若压制他们，会使帝王的君权更加专制、独裁，却不那么安全，越来越不能随心所欲。在拙著《英王亨利第七本纪》中我已提到这一点，即亨利七世是压制贵族的，因此他的时代就充满祸乱。那些贵族，虽然仍旧忠于亨利，在国事上却不合作，他就不得不自己来办一切事情了。

至于次等贵族，是没有什么危害的，因为是分散存在的而不是一个整体。他们有时候也高谈阔论，但是没有什么大害。而且次等贵族对高级贵族起平衡作用，使之不能过于强大。他们是与平民最亲近的掌权者，所以也是最能缓和民乱的。

至于商人，可算是“门静脉”。如果商业不繁荣，那么尽管一个国家有健全的四肢，它的血管却是空的，不能提供营养。加之于他们的赋税很少能助于人君的收入的增加，因为在小处有所得，在大处就有所失，各项税收固然增加，贸易的总额则降低了。

至于平民百姓，除非他们有了不起的、有力的首领，或者君王在宗教问题上、风俗上、他们的生计上加以干涉，否则是没有什么危害的。

至于军人，当他们在一起过着团体生活，并且习惯于获得赏赐的时候，便是一个危险的阶级。这样的例子我们可在土耳其之亲卫兵与罗马之护卫军中看到。但是训练一部分兵，并分级予以武装，由好几个将帅统领，并且不加赏赐，则是防御措施，并不危险。

作为君主，就好比天空中的星辰，能招致福祉亦能带来祸端，能得到很多人的尊重却很少有休息的时间。所有关于历代帝王的箴言，实际都在这两句话中体现："要记住你是一个人"和"要记住你是一个神或者神灵的代表"。前一句话是约束他们的行为和权力，后一句话则是控制他们的意志。

译注

1. 尼禄（37—68）、图密善（51—96）、康茂德（161—192）、卡里卡拉（188—217）均为古罗马皇帝，都以暴虐著称。

2. 亚历山大大帝（前 356—前 323），马其顿国王。
3. 戴克里先（约 245—313），古罗马皇帝（284—305）。
4. 查理五世（1500—1558），神圣罗马帝国皇帝，即西班牙国王查理一世。
5. 阿波罗纽斯，古希腊哲学家，自称有创造奇迹的本领。
6. 苏里曼一世（1494—1566），奥迪曼帝国最伟大的苏丹。他的妃子罗克珊拉那由于嫉妒太子穆斯塔法，设计让苏里曼杀死了太子。最后另外两个儿子谢里姆和巴亚赛特争夺帝位，最后巴塞亚特被打败。但据说谢里姆不是苏里曼所生，因此后面培根说他是私生子。
7. 爱德华二世（1284—1327），英国安茹王朝国王，王后伊莎贝拉联合贵族将其废黜，囚禁至死。
8. 尤里安（332—363），古罗马皇帝。
9. 德米特里厄斯的兄弟珀尔修斯捏造事实，指控他阴谋篡夺其父的王位，被父亲下令处死。

二十
论进言

提出劝告可谓人与人之间最大的信任。因为在别的信任中，人们不过是把生活的一部分委托给他人，比如田地、产业、子女、信用、某项个别事务等；但是对于谏官或能够直言规劝朋友的人来说，人们是将自己全部的生活都委托给他们了。由此可以看出，进言者更应该遵守诺言与坚贞。明君从不会认为听从进言就会有损他们的伟大或能力，就连上帝也不能没有它，他还把进言者作为圣子的尊号：即“进言者”或“规劝者”。所罗门曾经说过：“诤谏中有安定。”凡事应再三掂量，若不在言论的辩驳上颠簸，必将在命运的波涛上颠簸，成败不定，好像一个醉汉的蹒跚。所罗门发现了进言的必要，他儿子发现了进言的力量。因为上帝最宠爱的那个国家是最先由谣言分裂破坏的。这谣言有两点可以引以为鉴，以便世人明察谣言：就人来说，年轻人的进言是坏主意；就事来说，主张暴力的进言是坏主意。

无论是进言与君王密不可分，还是君王明智而有谋略地纳谏，古代人都用比喻的方式加以阐明。罗马神话中朱庇特曾娶米娣司，米娣司就象征进言，借这个寓言来表示军权和言论的一体性。然后就是这个故事的下文，朱庇特在娶了米娣司之后，米娣司就怀孕了。但是朱庇特不让妻子等到生产，就将她吞入自己的腹中，因而他自己竟然怀孕在身，后来从头上生出了全身披挂的帕拉斯。这个荒唐的故事暗寓君道的秘密，是说人君应当如何利用朝议的。首先君主应该把事情交给朝臣、策士，这就相当于怀孕；但是当事情得到详尽地讨论，在他们商议的子宫里塑造成形，并且成熟起来，提出主意时，君主就不能容忍让顾问们做出决定和指示，因为那就显得要完全依靠顾问。所以把事情又拿回自己的手中，并向世人表现出，那些命令和最终的指示都出自自己之手，而那些命令和最终的指示，由于是带着审慎和权威出现的，也就类似于全身披挂的帕拉斯。它们不仅产生于他们的权威，也产生于他们的头脑和策略，而这又使他们更有声望。

现在再谈一谈进言的害处及救济的方法。进言和劝告的害处有三。第一，需要把事情透露出来，这样就难以保密。

第二，会减弱人君的权威，好像他们做事不能全仗自己似的。第三是进言不忠的危险，因为所说的话于进言者利大，于纳言者利小。为了根治这三种害处，意大利的理论在法兰西得以实践：（在某几位君王的时代）曾创密议或“内阁会议”之制，但这是一种比疾病本身更有害的治疗术。

再说保密，君主不必将所有的事告知大臣，相反他是有自由选择权的。向人询问该如何行事的人也不见得会对外宣称他将如何行事。但是作为君主必须时刻提防，不可使事件败露。至于私密的会议，“我满是漏洞”可作为形容它的警句。一个喋喋多言、以传播别人秘密为荣的人其为害之烈，是许多懂得保密之责的人也挽救不过来的。有些事需要高度地保密，除了君主本人，最多可让一两个人知道。然而这样的进言也不见得没有好处，因为除了能保守秘密之外，这些言论具有一致性而不受扰乱。可是要达到这种情形，为帝王者就必须是一位明主，一位能独立埋头苦干的人君，并且那些参与机密的议事官也必须是有智之人，必须是忠实于君主者。英王亨利七世就是一个例子，最重大的事件，他从不把秘密告诉任何人，除了莫顿和福克斯（前者是坎特伯雷主教，后者是温切斯特主教）。

至于权威的削弱，上述所讲的事例已交代了补救的办法。不仅如此，君王的尊严与其说是因为主持议事而贬低，还不如说是因此而增加了，并且从来没有仁君因为接受进言而失去臣仆。除非有一位进言者势力过大，或者某几位的结合过于紧密，不过这些情况很快就会被发现并得到改变。

再说最后一个有害之处，就是人们会抱有私心而进言。毫无疑问，“他在世上遇不到信德”这句话是形容一个时代而非指所有的人。有些人的天性是忠实、诚恳、质朴、直爽，而不是狡猾又复杂的，为人君者当首先把有这种天性的人吸引到身边来。再者，言事之臣并非都是团结一致的，反之，他们通常互相监视，因此若有一个人的言论是由党争或私心而发的，这种情形多半会传到君主的耳朵里。但最好的补救方法是：既要谏臣了解他们的君主，也要君主了解他们的谏臣。

君王之大德在于知人。

另一方面，进言之臣不可过于揣摩君主的为人。进言者应有的品性，是要通晓他的主人的事务，而不是熟悉他的性格，因为这样才是真正地劝导他而不是迎合他。若为人君者在听取议事诸臣的意见时，能听取私下的意见，又能听取当众的意见，是特别有用的。因为私下的意见较为自由，而当众发表的意见较为慎重。在私下，人们勇于表示自己的好恶；在公众面前，人们较易受别人的好恶的影响，因此两种意见都采取是好的。在听取等级较低的人们的意见时，最好是在私下，为的是使他们畅所欲言；在听取较为尊贵的人们的意见时最好是在公众面前，为的是使他们出言慎重。为人君者若仅论事不论人，那么这种求言的举动就是虚假的，因为这样做，一切事务就好像是无生命的图像一样了，而办理事务的那种生气则全赖于择人精当。若仅依阶级为用人标准，只求其人品与性格是不够的，就好像在研究某一种观念或者一道数学题的时候所用的普遍规律。大错误之造成，或大识见之显出，都在于用人上。古人说："死人乃最好的进言人。"这话说得不错：当活着的进言者畏缩不敢言的时候，书籍是敢直言的。因此君王最好熟读书籍，尤其是那些曾亲身经历的人所作的书。

当今的商谈探讨，不过是例行公事性的会议罢了，事情经过大家的探讨，而不是争论，然后很快做出了决定并施行。在一些重大事件上，最好的办法是提前一天提出问题，第二天供大家考虑商榷。所谓"黑夜带来良言"，在英格兰和苏格兰合并问题议事会上就是如此，那是个严肃有序的会议。我主张安排时间专议请愿之事，这样既可以使请愿者有把握能让他们的请求受到注意，又可以使会议机关有时间讨论国家之事，可以专心处理手头的工作。在选任委员会，为总议事机关预备一切的时候，任用那些无成见的人比任用正反两面成见甚深的人，而造成一种均衡中立之势比较好。我也赞成永久委员会的制度，例如，关于贸易的、关于财政的、关于军事的、关于诉讼的以及关于某项特别事务的。因为若只有一个国家议事机关（西班牙就是这样），那它们实际上就等于永久委员会，不过权力大些罢了。凡是对议事机关有所报告或陈述的人们（如律师、海员、铸钱者等），应当先到各委员会报告，等到时机适当，再到议事机关来。他们不可成群而来，或者带着一种傲慢不逊的态度，那样就是向议事机关示威，而不是陈述了。摆一张长桌，或一张方桌，还有靠墙排列的座椅，这些都好像是形式上的东西，实则代表了本质上的东西。在长桌一侧，在上方位就座的少数人可以指导一切，如果采用其他形式，坐在下方位人的提议可能更有用处。身为君王，在主持会议的时候，应该注意，不可在言谈举止中表露自己的倾向，不然某些议事官员就会见风使舵，不再自由发表意见，而是频频附和君王的意见了。

二十一
论推迟

运气就好比市场，如果你多等一会儿，物品总会降价的。可是有时它又像西比尔开出的书的价格一样，最初是出售整套书，然后逐渐减少，但仍坚守同一价格。[1] 因为（如同常谚所阐释的）机会先给你前额的头发，而你不去拿的话，就会把秃头给你；或者至少给你瓶颈，如果你不拿，就把瓶肚子给你，就很难抓住了。

在起始时善用时机，是大智慧的体现。一旦危险看上去无关紧要，那就不再是无关紧要的了；而骗人的危险比强迫人的危险更大。迎击危险比长久注视等待其到来要好，因为注视过久，有睡着的可能。另一方面，如果因影子过长而被欺骗（如在月亮低悬，只照着敌人的背部的时候），过早地开枪，或者匆匆迎上前去从而招致危险，那又是另一个极端了。

时机成熟与否，永远需要仔细权衡。一般来说，最好把一切大事的开头交给百眼巨人阿尔戈斯，而把终结交给百手巨人布里阿柔斯，这两者之中，前者的职务是注视，后者的职务是速行。因为使从政之人隐身潜行的普路托[2]之盔，就是在议论时保密，而在执行时迅速。到了执行的时候，迅速就是最好的保密之方：就像一颗子弹在空气中的飞行，其迅速为目力所不及。

译注

1. 据传说，女先知西比尔以高价向国王塔奎尼乌斯出售九卷书。国王不要，被拒绝后，西比尔焚烧了其中三卷，又将剩下的以相同价格再次出售；被再次拒绝后，她又烧掉其中三卷。最后她以九卷的价格把仅剩的三卷卖给了国王。
2. 普路托是古希腊神话中的冥王哈得斯的别名。

二十二
论狡猾

人们将狡猾看作带有欺诈性或欺骗性的智慧。我们须承认的是：狡猾人与聪明人之间，的确存在很大的差异。这种差异不仅体现在诚信上，还体现在才能上。有些人会配牌，可是打得并不好；有些人擅长耍阴谋诡计和拉拢派别，在别的方面则碌碌无为。了解一个人的品性是一回事，明白事理又是另一回事；很多人善于揣摩别人的性情，真正办起事来却不行。一个对于人的研究比对书的研究更多的人，就是如此。这样的人较适于密谋而不适于议论，而且他们只在自己熟悉的方面有把握，让他们转而对付新人，就没辙了。因此那条辨别智愚的准则：把他们两个都赤裸裸地派到生人面前，你就可以看得出了。对于狡猾者是不适用的。因为这些狡猾的人就像小贩一样，所以我们不妨把他们的商品摆放出来。

狡猾的一种手段是在与人谈话时能察言观色，如同耶稣会会士的训练中所教的一样：因为世上许多聪明人心里有秘密就会显露在脸上。然而这种察言观色有时需要恭顺地自敛其目，耶稣会会士中人的做法就是如此。

另一种手段是：当你有紧急的事务相求之时，你要用无关的话语来哄对方高兴，使他不至于过于清醒，从而不能对于你的请求持反对意见。我认识一位职掌议事兼秘书的官员，他在请求伊丽莎白女王在账单上签字的时候，没有一次不先跟女王谈论国事，这样一来，她就不那么在乎那些账单了。

同样出其不意的是，当某人迫不及待，不能停下来仔细考虑你所提的事件的时候，向他提议某事。

若一个人想阻挠别人提出议案的话，最好装出赞同这件事的样子而用足以挫败它的方式自己把它提出，从而防止这件事的通过。

欲言又止，好像是自己打断自己的话似的，这足以使与你交谈的人兴趣增加，更想知道你所说的事情。

有些事是人家主动问的，而不是你自己主动说的，效果要好得多。因此，你可以设下诱饵，其方法就是装出一副与往日不同的脸色，使别人有机会问你这改变的原因何在。如同尼希米[1]所为："我素来在王面前没有愁容。"

在非常棘手而且让人感到不愉快的事情上，最好让言语没有价值的人先开口，然后再让那说话有分量的人装作偶然插话的样子，这样人们就可以根据前面那个人所说的事件向他发问。纳西索斯向克劳狄报告梅萨丽娜和西利亚斯的结婚事件时就是这样做的。[2]

有些事情，若有人不愿意把自己搅在里边的话，有一种狡猾的办法就是借用世人的名义，譬如说“人家都说……”或“外面有一种说法……”

我认识的一个人，他在写信的时候，总要把最要紧的事情写在附言里，好像那是一件附带的事一样。

我还认识一个人，他说话的时候，总要把心中最想说的话置于一边，先言其他，最后再谈他想说的事情，就好像是一件他差不多忘了的事一样。

有些人想对某人施行某种计谋，就在这人本会出来的时候，故意装出惊惶的样子，好像那人是突然出现的，并且手里拿一封信或者做某种他们不常做的事。为的是让那人询问他们，然后他们就可以把自己心里想说的话说出来了。

狡猾还有一种手段，就是自己说出某句话来，然后他人应用这句话，就可以借此为由，陷害他人。有两个人在女王伊丽莎白时代争取国务大臣的位置，然而他们依然交好，并且常常互相商量这件事。其中一个人就说，在王权衰落的时代做国务大臣是一件很不容易的事，所以他并不想要这个位置。另外一个人就学会了这些话，并且同许多朋友谈论，说他在王权衰落的今日没有想当大臣的理由。前者设法使女王听见后者说的这句话。女王一听“王权衰落”之语，大为不悦，从那以后她再也不肯听后者的请求了。

有一种狡猾，英国人称之为“在平底锅里翻饼”，就是说，甲对乙所说的话，甲却说是乙对他所说。老实说，这样的事若发生在两人之间，要弄清到底是谁先提出来的，是非常不容易的。

有些人有一种法子，以否认的口吻自解，从而影射他人，比如说“我是不干这个的”。如提吉利努斯对布鲁斯说：“他别无目的，只是一心注意皇上的安全。”

有的人常备许多故事，无论他们要暗示什么，都能把它用一个故事包装起来。这种办法既可以保护自己，又可以使别人乐于传播你所说的话。

把自己想要得到的答复先用自己的话语说出一个大概，是狡猾的上策之一，因为这样就可使交谈的人不那么为难。

有些人在说某些话以前，会等待很长时间，迂回之远，在说了许多无关之事以后才转入正题，这是一件很奇怪的事情。这是一种需要耐心的方法，然而用处也不小。

提出一个突然的、大胆的、出其不意的问题常常使人猝不及防，能使其坦露心声。这就好像有人改名换姓在圣保罗教堂散步，有人突然来到他的背后呼唤他的真名，那时他马上就要回头去看。

这些狡猾的小伎俩是无穷的，而把它们列举出来未尝不是一件好事。在一个国家，为害最多的莫过于狡猾的人被当作聪明的人了。

但是世上确实还存在这样一些人，他们了解事情的起因和结果，但是不能够深入其中，就好比有一座房子，有便利的楼梯和窗户，却没有一个好的房间。所以他们在事件的结论中找出许多可以取巧规避的漏洞来，而不能审察或辩证地看待事物。他们通常善于利用自己的短处，令人相信他们是能够发号施令、善于替人做决断而不善于与人讨论的人。有些人做事全靠欺骗他人和（如我们现在所说的）要弄别人，而不依赖自己坚实可靠地处理事务的能力。然而所罗门有言："愚蒙人是话都信，通达人步步谨慎。"

译注

1. 尼希米，古代犹太人领袖。
2. 梅萨丽娜是古罗马皇帝克劳狄一世的第三个皇后。她强迫西利亚斯与自己举行秘密婚礼。克劳狄的亲信纳西索斯告诉了克劳狄，西利亚斯被处死。

二十三
论为了私利的智慧

蚂蚁是一种很会为自己做打算的生物，但是在一个果园或花园中，它就是害虫了。深爱自己的人对公众是有害的，所以一个人应该学会把利己的想法同做人的想法理智地、明确地分开。要忠实于自己，也要不欺于他人，尤其是对君主与国家。把私利作为行动的中心是很差劲的。那就完全和地球一样了，只有地球是固定在自己的中心，其他一切与天体有关之物则是以地球为中心而行动的，并且对这些别的物体是有利的。[1] 一切事物都以自己为标准，如果放在君主身上是较为可恕的，因为君主自身不只是个人而已，反之，他们的善恶乃公众的安危之所系。但这种情形若发生在君主的臣仆或一个共和国的公民身上，则是一件极为不幸的事。因为无论何事经过此人之手，他一定会为自己的利益考虑，然后歪曲事实，这种行为与他的上司或者国家的利益相违背的。因此，为人君或主政者应当选择没有这种性情或习惯的臣仆，除非他们让这种人做从属性的工作。为私利的最大危害在于使事务完全失宜。先顾臣仆之利，后及主上之利，这已经很不适宜了；然而有时竟以臣仆之小利而不顾主上之大利，这就是为害最烈了。这种情形正是不良的官员、财吏、使节与将帅以及其他奸臣污吏所为，这种人善于自谋而使他们偏离职责，以自己的小利与私怨为主，而破坏君主的重大事业。在大多数情况下，这些臣仆所得到的好处不过是个人的幸福，他们却为那点好处牺牲了君主的幸福。不可否认，极端的自爱者的本质就是：即使只是为了烤熟鸡蛋，也会把一栋房子点燃。然而这样的人往往能得到主上的信任，因为他们所用心钻研的就是如何逢迎主人而使自己获利。无论是哪一种居心，他们都会置主人的利益于不顾。

从方方面面来看，为了私利的聪慧都是一种卑劣的聪慧。它是一种在房屋即将倒塌前定会逃跑的老鼠的聪慧，它是狐狸驱逐为它掘穴造屋的穴熊的聪慧，它是在要吞噬他物的时候落泪的鳄鱼的聪慧。但是尤其应该注意，那些“爱自己甚于他人的人”（如西塞罗论庞培[2]之言）往往是不幸的。尽管他们牺牲别人成全自己，结果却使自己成了反复无常的命运女神的牺牲品。他们还以为：命运女神的双翼已经被他们为了私利的智慧给折服了呢。

译注

1. 培根支持托勒密的宇宙地心体系说，反对哥白尼的日心体系说。
2. 庞培（前 106—前 48），古罗马统帅。

二十四
论革新

所有生物在幼儿时期都不甚好看，而革新也是如此，它们都是时间的幼儿。虽然如此，那些最早给家族带来利益的人通常要比后继者更有价值，因为最初的先例难以模仿。对尚未找到方向的人来说，“恶”有一种自然的动力，这种动力在持续中会越发强烈；而“善”是一种强制的动力，这种动力在一开始的时候是最强的。药物无疑都是一种创新，不愿用新药的人就得预防害新病，因为时间是最大的革新家。假如时间会自然地使事物颓败，而智谋与言论又不能使其得到改良，其结局将不堪设想。习俗所规定养成的，虽不一定良好，但却是可行的。那些长期共存的东西好像是互有关联的，新的事物则显得不和谐，它们虽有用，可是因为与旧事物不融洽而引起纠纷。再者，新事物就像异邦人，受人艳羡，可是不得人欢心。

如果时光静止，那么这些话当然都对；反之亦然，如果时间流逝，那么固执地保留习俗，就像一场革新，会造成动荡，而那些对昔日过于崇拜的人，只不过成了今日众人所嘲笑的对象。

因而有益的做法是：人们在进行革新的时候，能够以时间本身为榜样。时间确实是在极大程度上进行革新的，是慢慢地、逐渐地进行革新的，几乎无法察觉。因为如果不这样的话，凡是新的事物都将被认为是出乎意料的事物。有所改进就必有所损益，得益的人以为是幸运，归功于时运；损益的人将以此为怨仇，归罪于革新者。还有一点，除非是必要且确实可获利的时候，否则不要在国家中尝试实行新政。改变应该是由变革引起的，而不应该将想要改变当作变革的一个借口。虽然不应该全然否定新颖的事物，但是也应该对此质疑，就像《圣经》所说：“你们当站在路上察看，访问古道，那是善道，便行在其间。”

二十五
论速度

过于追求速度是工作的一大忌讳。就像医生说的“前消化”和“快速消化”，会导致人体内饱含酸液，甚至其他难以察觉的病根。因此，我们不应该用开过几次会来衡量工作进展如何，而应该以工作的进展状况来衡量。在跑步比赛中，提高速度并不是靠加大步伐和脚抬得多高，同样，在工作中，如果想要敏捷、快速，就需要专心致志，而不在于一次性完成多少事情。有些人一心只想显示自己能在短时间内做许多事，或者把未办完的事设法掩饰成已了结的样子，以求办事快捷的名声。然而以紧密的手段缩短做事的时间是一回事，以省略的手段缩短时间是另一回事。这种经数次商议的事务常循环往复，没有固定的处理方法。我认识一位智者，他看见人家求成心切，常说：“稍等一会儿，如此我们就可以早点完事了。”

另一方面，真正的迅速是一件非常有意义的事情。因为时间是判定工作效率的标准，就像金钱是判定物品价值的标准一样。所以若做事不敏捷，付出的代价一定很高。斯巴达人和西班牙人曾以迟缓著称，常听人说“让我的死亡来自西班牙吧”，这样，死亡一定来得很慢。

对于那些提供第一手信息的人，应当好好听其所言。若有指示，应在报告之前说明，而不可在他们说话时插嘴，因为被打乱谈话次序的人不免会反复言之，比他顺着自己的思路说下去的更冗长、可厌，但通常提问者较发言者更令人生厌。

重复是一种浪费时间的行为，但是没有什么能够比重复论述一件事情的本质更能节省时间的了，因为这种论述已经将很多虚无缥缈、毫无意义的话语省略了。冗长而过细的言辞不利于快捷，就如同宽袍长裙不利于赛跑。序文、承转、辩白以及其他关于个人自身的言语都是大为浪费时间的，虽然本想显得自谦却让人觉得在摆架子、排场。在他人有成见的时候，应当留神，不可过于直接，因为心存偏见总是需要一段引子，就好像要使一种药膏生效就需要先热敷一样。

最重要的是，对各个部分做次序上的安排、分类和挑选，此乃迅速的核心，分类不用太精细。不善于分配的人，永远不能很好地开展工作，而分配过细的人永远不能利落地从中脱身。选择时机就等于节省时间，不合时宜的举动则等于打乱行动。工作有三个部分：准备、讨论或审察、完成。如果你要追求速度，在这三项中，唯有中间的一项可以作为多数人的工作，前后两项应为少数人的工作。对于要探讨的事情，最好事先列出大纲，然后依据这个大纲来展开探讨，这对提升速度是很有帮助的。就算所写的东西被完全否定，但就获得一个新计划来说，那个反面的想法比含糊其词的想法更有指导意义，就好比灰烬比尘土更有肥效一样。

二十六
论外表的聪明

有一种见解是这样的，那就是法国人实际上要比他们外表聪明得多，而西班牙人外表比他们实际聪明。无论这两个民族的特征是否如此，个人的表现特征确实如此。敬虔使徒保罗曾说过：“有敬虔的外貌，却背了敬虔的实意。”同样，世界上有很多人内在没什么智慧，外在却显得很庄重，“用大力做小事”。

这些只图形式的人有什么手腕、利用什么样的法术和机械，以使虚浮的表面看上去竟有如此深度，在一个有见识的人看来，真是一件可笑的事。有些人是很隐秘的，隐秘得好像他们的货物只在暗处给人看似的。他们似乎常常心里有话而不肯明言，并且在心里明白所说的事自己并不清楚的时候，却要装模作样，要让人家以为他们知道许多不能明说的事情。有些人借助面容、手势，他们的聪明是靠姿势显示的。比如西塞罗说皮索的话，当皮索与西塞罗对话的时候，他把一条眉毛耸到前额上，把另一条眉毛弯到下巴上去了："你一道眉毛抬到额头上，一道眉毛弯到下巴上，你还说你不赞成残忍？"有些人以为滔滔不绝就不容异议了，把不能自圆其说的东西说成理所当然的事情。有些人对于任何他们所不懂的事物都装出瞧不起的样子，认为无聊或离奇而蔑视之，这样他们的愚昧就可冒充见识了。有些人总是有不同的见解，他们往往以巧辩娱人，借此离开本题，关于这种人，盖利乌斯[1]有言："一个疯子，一个用字句上的穿凿而破坏大事的人。"柏拉图在《普罗泰戈拉》一篇中，嘲笑了这种人的代表普罗第喀斯，让他说了一段话，却从头到尾全是怪谈之辞。一般来说，这种人在讨论时总爱站在否决方，并且希冀以勇于反对及刁难别人而得名，因为各种提案一经否决就算完了；一旦通过，就需要着手新的工作了。这种假聪明是工作之大害。总之，生意萧条的商人或倾家荡产的浪子为了维护自己的财名而用的花招，与这种虚伪的人为了保持才名而采用的诡计相比，都相形见绌。

假聪明的人也许可以设法得到名声，但是谁也不会任用他们。无疑，为了工作，任用一个有点可笑的人，也比任用一个过度重视外表的人强。

译注

1. 盖利乌斯是公元 2 世纪的一位古罗马作家。

二十七
论友谊

“喜欢孤独的人不是野兽，便是精灵。”其中所包含的真理与谎言很难用寥寥几语表达。如果一个人的心里天生有一种私密的对社会的厌弃、憎恶，就会带点野兽的性格，这是极为正常的。如果说这样的人有一点神灵的特质，是极不真实的。只有一种情况是例外的，那就是这类人对社会的憎恶不是源于孤独，而是想退出社会以寻求更崇高、美好的生活。曾经有异教徒冒充这类人，例如克里特诗人伊壁门尼德斯、罗马人努马、西西里人恩培多克勒和蒂亚娜的阿波罗纽斯，而基督教会中许多古隐者和长老也这样做过。但是一般人并不明白何为孤独以及孤独的范围。没有“仁爱”的话，一群人并不能算作一个团体，一张张面目也仅仅是一幅幅图画，交谈则不过是铙钹的叮当作响而已，有句拉丁谚语把这种情形叫作“一座大城市就是一片大荒野”。在一座大城市里的朋友们是散居各处的，所以不像在小城镇里的朋友们有那样深的交情。我们不妨更进一步断言，缺乏真正的朋友是最纯粹、最可怜的孤独，没有友谊的世界不过是一片荒野。甚至在孤独的这个意义上，也可以说，不管是谁，如果天性与友谊格格不入，那么这种天性来自兽性，而不是人性。

友谊的最主要的功效之一是能让人宣泄心中的愤慨、抑郁之气。各种情感都可以引起抑郁之气。闭塞症对人的身体最为有害，这点众所周知，人的精神方面也是如此。人们可以服用撒尔沙（一种植物）来通肝、服用含碳的铁粉来通脾、服用提纯的硫华来通肺、服用海狸香来通脑，然而没有一样药剂比得上一个真心的朋友，可以通心。对一个真心的朋友，你可以表达你的忧愁、喜悦、恐惧、希望、猜疑、谏诤以及任何压在你心上的事情，好像在教堂以外的忏悔一样。

很多伟大的君主对于友谊的重视程度在我们看来非常奇怪。他们对友谊极其重视，甚至不顾及自己的安全和尊严来保全友谊。身为君王，因为与臣民地位的巨大差距，他们是不可能享受友谊的，除非他们出于获得友谊的缘由，而把某人升迁为他们的伴侣或同辈级别，然而这样的做法往往是不利的。这样的人现代语里叫作“宠臣”或“亲信”，好像他们之所以能得到提拔仅仅是由于主上的恩宠或君臣之间的亲近似的。然而罗马语中的字眼才算是把这种人的真正用途及其擢升之由表达出来了，罗马语把这种人叫作“分忧者”，因为结成君臣友谊的正是这个。而且我们清楚地看到，不仅软弱且容易冲动的君主如此，有史以来最有智谋的君主也是如此，他们往往与一些臣仆结交，互称朋友，并让别的人也把他们之间的关系称之为朋友，对朋友一词的使用就和普通人一样。

苏拉在做罗马独裁者的时候，把庞培提升到很高的地位，以至于后来庞培自诩苏拉不及自己。在一次争夺执政官一职的时候，庞培推荐的一位朋友与苏拉推选的人竞争，最后庞培的朋友竟然获胜。当苏拉对此事表示强烈不满并发生争吵的时候，庞培竟然反唇相讥，叫他不要多说废话：“崇拜朝阳的人多过崇拜夕阳的人。”在恺撒时代则有布鲁图[1]，其影响之大，竟使恺撒在遗嘱中立他为次继承人，仅次于恺撒的外甥，而此人也是有能力诱致恺撒于死地的人。因为一些不祥的预兆，尤其是恺撒的夫人卡尔普尼亚的一个噩梦，恺撒想使参议院先行解散，布鲁图拉着他的胳膊，把他从椅子上拉了起来，并告诉他，他希望恺撒不要解散参议院，等卡尔普尼亚做一个好一点的梦之后再解散。安东尼在一封信里（这封信在西塞罗攻击安东尼的演说中曾经一字不差地引用过）曾称布鲁图为“妖人”，好像他用邪术迷惑了恺撒似的，他的得宠之深可见一斑。阿格里帕出身卑微，但是奥古斯都把他升到很高的地位，以致后来当奥古斯都因他的女儿玖利亚的婚事问米西那斯的时候，米西那斯竟冒昧地说：“你必须把女儿嫁给阿格里帕，否则就必须把阿格里帕杀了，再没有第三条路可走，因为你已经把阿格里帕造就得如此伟大了。”在提比略时代，塞杨努斯升到很高的地位，竟致他们二人被称为朋友。提比略在致塞杨努斯的一封信里写道：“因为我们的友谊，我没有对你隐瞒这些事。”并且整个参议院给“友谊”特造了一座圣坛（就好像“友谊”是一位女神一样）以表扬他们二人之间珍贵的友谊。此类或胜乎于此的例子又可见于塞普提缪斯·塞维鲁与普劳蒂亚努斯的友谊。塞维鲁竟强迫他的儿子娶普劳蒂亚努斯之女为妻，还往往袒护普劳蒂亚努斯种种欺凌皇子的行为，并且以这样的言辞下诏于参议院：“我太喜欢这个人了，愿我能先他而死。”

假如这些君王是图拉真或马可·奥勒留（二者都是古罗马皇帝）一流，那么我们可以认为上述举动出自十分善良的心意。但是这些君王都是很有智谋的，强健而严厉，并且极端爱己，因而就最为清楚地表明，他们自己的幸福（尽管已达到世间的极致）其实是残缺不全的，只有拥有朋友才可以完整。不仅如此，他们都是有妻子、儿子、甥侄的君主，然而这些人都不能提供友谊所能带来的慰藉。

法国历史学家科明尼斯永远不会忘记他对他的第一位主人查理公爵所说的话，查理不肯把他的秘密与他人共享，尤其不愿意把最让他感到为难的隐秘告知他人。于是，科明尼斯说道：“到公爵晚年的时候，这种守口如瓶的习性不免稍稍有损他的理性。”其实，如果科明尼斯乐意的话，他对他的第二位主上路易十一也可下同样的断语，因为路易十一的守口如瓶确会给自己带来灾祸。毕达哥拉斯的格言是晦涩但正确的，他说：“务食心。”确实，没有可以倾诉心事的朋友的人就是吃自己的心的野人。有一件事让人感到惊奇（我把它说了出来就此结束关于友谊的第一种功效的讨论），那就是，一个人向朋友透露心事能产生两种相反的结果，既能使欢乐倍增，又能使忧愁减半。因为把自己的乐事告诉了朋友而更为欢乐，因为把自己的忧愁告诉了朋友而让忧愁减少。所以就实际作用而言，友谊于人心的价值确犹如炼金术士常常所说的他们的宝石于人体一样。这宝石，以术士们的话说，在不同的方面能产生对立的效果，但总是有利于人体的。即使不求助于术士，在普通的自然现象中，也可以很明显地看到这种情形。因为物体相合则足以助长并滋养任何天然的赋性，又可以削弱并挫败任何暴烈的外来打击：物体如此，人心也是如此。

友谊的第二个功效就是助长理智，正如第一个功效完善情感。友谊在情感方面产生的力量，就好比化狂风暴雨为艳阳天；而在理智方面，则是从暗淡、混沌的思想中创造出白昼。这不仅就一个人从朋友处得来的忠谏而言，在得到忠言前，任何思虑过多的人，若能与旁人通言并讨论，则他的心智与理智将变得明朗；他的思维将更为灵活，其排列将更有秩序；他可以看出思想转变成言语的时候是什么模样；他终于变得比以往聪明。而要达到这种情形，一小时的谈话比一天的沉思更为有效——这些都是没有疑义的。地米斯托克利[2]对波斯王说的话极好："言语就像展览的花毡，其中的图形显露得清楚了然；思想则好像卷折起来的花毡。"友谊的第二个功效——助长理智，也不限于那些善于提出忠告的朋友，即使没有这样的人，也可以借助言谈的力量增长自己的知识，将自己的思想清楚地表达出来，并且将自己的机敏磨砺得更加锐利，就好比在石头上磨刃，刃锐利了而石头也坚不可断。简单来说，就是与其让一个人的思想在窒息中消亡，还不如让他向石像或者图画来倾诉。

现在，为了充分、详细地阐明友谊的第二个功效，我们先说一下那种显而易见、庸俗人士都可以看到的一点，那就是朋友的忠言之词。赫拉克利特[3]在他的一条隐语中说得很好："干燥的光永远最亮。"一个人从另一个人的忠告中得来的光明比从他自己的理解力、判断力中所得出的光明更为纯粹，这是无疑的：因为后者总不免要受自己的感情和习惯的浸润。因此，朋友所给的忠告与自己所做的主张之间的差别，就像良友的忠告与谄谀的建议之间的差别。因为最会谄谀人的，就是人的自我，而防御自谄、自谀最好的武器就是朋友的忠告。忠告有两种：一是关于行为的，二是关于事业的。说到第一种，保人心神健康的最好药方就是朋友的忠言、规谏。一个人的严厉自责有时是过于猛烈、副作用过强的药品。阅读有关道德的书不免沉闷、乏味，对照别人检查自己的缺点有时与自己的情形不符，最好的药方（最有效并且最易服用的）就是朋友的劝谏。许多人（尤其是伟大的人们）因为没有朋友向他们进言，做出极为荒谬的事来，以致他们的名声受损、境遇不顺，这种情形看起来是很令人惊异的。正如圣雅各所说："像人对着镜子看自己的面目，转眼就忘了他的相貌如何"。讲到事业方面，一个人也许以为两只眼所见的并不多于一只眼所见的，或者以为局中人一定比旁观者见得多，或者以为一个正在发怒的人和一个冷静的人一样明智，或者以为一支火枪托在臂上和托在架上会打得一样准。还有许多类似的愚蠢、骄傲的妄想，以为自己是一切的一切。然而，欲使事业趋于正轨还要靠忠言。假如有人想采纳别人的忠告，但在某件事上问一个人，在另一件事上问另一个人，这样的办法也好（这就是说，总比他根本不求教要好一点）；可是他冒着两种危险：一是他将得不到忠实的进言，因为劝告必须来自一位完全诚心的朋友，否则很有可能被歪曲而倾向于进言人的私利；另一种危险是他所得的劝告将是一种有害而不安全的言论（虽然用意是好的），利弊各半。就像你生病了，而所请的这位医生虽被认为善治你所患的病症，却不熟悉你的体质，他也许会使你目前的疾病痊愈却危害你另一方面的健康，结果是治好了疾病又损害了健康。一个完全通晓你的事业境遇的朋友则不然，他将小心翼翼，以免因为推进你目前的事业而使你在别的方面突受打击。所以最好不要依靠零零碎碎的忠告，它们会扰乱注意力，误导你，而不是使你的心绪平静下来。

除了友谊的两种奇特功效（即心情上的平和与理智上的帮助），还有最后一种功效，这种功用好像石榴多籽般饱满。也就是说，在事务中的帮助和参与。若要把友谊的多种用途很显明、生动地表现出来，最好的方法是计算一下，看看一个人有多少事情是不能靠自己解决的。如此，我们就可以看出，古人所谓“朋友是另外一个自己”是一句有所保留的话。因为一个朋友对自己的作用要远远超过自己。人的生命有限，往往又是怀着一些难以释怀的心愿死去的：子女的婚嫁、工作的完成度，等等。要是一个人有一位真心的朋友，那么他就几乎可以放心，因为这些事在他死后还是会有人照料的。如此，一个人就好像有两条性命了。一个人只有一个身体，而这个身体是限于一个地方的，但是假如他有朋友，那么所有的人生大事都可算是有人可托付了。他自己不能去的地方，他的朋友也可以代表他。还有，有多少事是因为颜面，而不能自己说或做的？一个人不能自承有功而免矜夸之嫌，更不用说不能赞颂自己的功绩了；有时也不能低声下气地去有所恳求；诸如此类的事很多。但是这一切，从自己的嘴里说出来就会感到羞愧，朋友说出来却很得体。类似一个人不得不考虑自己的多重身份。例如，一个人对儿子讲话，就不能不保持父亲的身份；对妻子讲话就不能不保持丈夫的身份；对仇敌讲话就不能不顾虑自己的体面。但是对朋友可以就事论事，而不必顾虑自己的身份。此类事件要是一一列举，那就是无穷尽的。因此我严谨地提出一条意见，如果一个人不能够恰如其分地扮演好自己的角色，并且没有知心朋友，那么他就没有继续生活的意义了。

译注

1. 布鲁图（约前 85—前 42），古罗马政治家，公元前 44 年与卡西乌等刺杀恺撒，未果，逃亡希腊，在腓利比战役中被安东尼和屋大维击败，自杀身亡。
2. 地米斯托克利（约前 524—约前 460），古雅典政治家、统帅。力主扩建海军，萨拉米海战中大败波斯舰队。
3. 赫拉克利特（约前 540—约前 480 与 470 之间），古希腊哲学家，爱非斯学派创始人。著有《论自然》。

二十八

论开销

金钱是用来花的，钱要花在功名和善行上，因此消费应该以它的价值为度量。为了国家和为了天国是一样的，不妨作一些自我牺牲。但是一般意义上的消费，应当以一个人的财力来衡量，应当管理得当，在财力范围内消费，不受到仆人的欺骗，而是安排得恰到好处，使实付的款项低于外人的估计。

不可否认，假如一个人仅仅要出入相当，不至贫乏的话，日常的支出应当仅占收入的一半。若是他想变得富有，支出应当只占收入的三分之一。即使是大人物，清点自己的财产也不算是自卑、自贱的行为。有些人不肯如此，其原因不仅是大意，也有恐怕清点后发现自己已经破产而生烦恼。如果身体上有了创伤，不治疗是不会好的。完全不清点自己的财产的人务必要用人得当，还得常常更换，因为新用的人比较胆小，计谋也少一点。他们还应当把收入和支出的数目都固定下来。

在某一项目上消费过多的人，一定要在另一项目上有所节俭。比如，他在饮食上开销大，那么在衣着上就要节俭；如果他在住宿上花钱多，那么就应当在马厩上节省，等等。因为在每一项上都花钱很多的人难免不会堕入困境。一个人在清偿债务的时候，如果过于求速，要一举还清，也会和久欠不还一样有害。因为急于求售和多欠利息是一样不利的。再者，一举还清债务的人是会重蹈覆辙的。因为他一旦发现自己没有债务困境的时候，就会故态复萌；逐渐还清债务的人，则会养成节俭的习惯，使其在精神上就像在财产上一样有收益。不可否认，人要顾全体面，就不可忽视小事情；而通常，减少零星的花销，会比屈尊以获小利更受人尊重。如果一个人的经济负担一开始就要长久继续下去的话，那他就要很小心，不可贸然承担，但在那些只有一次而没有下次的消费上，不妨较为大方一点。

二十九

论国家和政府真正伟大的地方

雅典人地米斯托克利的话过多的把功劳归于自己，显得桀骜不驯，如果是用在其他人身上，将会是严肃而带有智略的评判。在宴席上，有一个人请他弹琴，他表明自己不会弹琴，但是可以使一座小城变成一座大城。这句话（用譬喻引申一下）可以把从事国政者两种不同的才能表现出来。如果真正观察一下议事和执政官员，也许可以发现（虽然这是很稀有的）几个能使小国变为大邦而不能弄琴的人，还可以发现许多巧于弄琴却能把伟大而兴盛的国家带入衰败之境的。不可否认，许多参事和总督用手段和计谋既得宠于他们的主人，又赢得了平民百姓的尊重，因而那手段和计谋也就只配被称为“弹琴”。那些手段和计谋更是一时讨人喜欢，给自己带来荣耀，而不能满足他们所服务的国家的幸福和进步的需要。当然，还有的公卿大夫称得上一个“能”字（即所谓“干才”）。他们能够调理国政，使之免于陷入危难和困境，可是若要在力量、财富、国运上把国家增强、壮大，他们是断无能力。现在我们不管做事的人怎么样，只谈国家的真正伟大之处以及强大的方法。这是一个值得英明的君主常常考虑的问题，为的是他们既可以不至于因为高估自己的力量而鲁莽行事、虚耗实力，又可以不至于因为低估自己的力量而屈尊听从怯懦的计策。

国家的疆界是可以测量出来的，财富的收支是可以计算出来的，人口数量可以通过户口册来统计，城镇的多少及规模也可以通过图表得知。然而在国家事务中，没有比国家实力的真正估计、推断更易于错误的。基督没有把天国比作任何巨大的果核或干果，而比作一粒芥子。芥子是一种最小的种子，但是有一种迅速生长蔓延的特性。同样，有些国家的疆土辽阔，可是不能扩张称霸；有些国家幅员很小，却有成为强大的君主国的基础。

围有城墙的小镇、储藏丰富的军火库和军械库、良种马、战车、大象、火炮等，除非这里的人民胆大好战，否则只是披着狮皮的羊。不仅如此，如果民众胆小如鼠，士兵再多也无济于事，维吉尔所说的“一只狼从不介意有多少只羊”指的就是这个意思。阿尔拉平原上的波斯军队人山人海，使得亚历山大军队的将领惊惶万分。因此他们来到亚历山大面前，建议大帝在夜间进攻，亚历山大却说："我不愿以偷取胜敌。"结果亚历山大轻而易举地歼灭了敌人。亚米尼亚王提格拉尼率四十万大军驻扎在一座山头，当他看见不足一万四千人的罗马军向他展开进攻的时候，却笑道："那些人如果是使节的话就太多了，如果是来战斗的士兵的话就显得太少。"但是，那天日落之前，提格拉尼就发现这些人已经大败他的军队并开始追逐他了。关于兵不在多而在勇的例子不胜枚举，因此我们可以总结出，国家想要强大，主要的一点在于要有善战的民族。金钱是战争的筋肉，但是如果人民骄纵淫靡，其两臂筋肉无力，金钱也不能算是战争的筋肉了。梭伦[1]对克罗伊斯[2]（当克罗伊斯为了炫耀他的富有，把他的黄金给梭伦看的时候）说过这样精彩的话："陛下，如果有一个人，他是比陛下更强大的铁汉，那么他就会成为这些金子的主人了。"无论哪个君王或者国家，除非自己的军队的战士英勇善战，最好不要过于高估自己的实力。另一方面，那些拥有英勇好战的臣民们的君王则应当对自己的力量了如指掌——除非这些臣民在其他方面有所缺陷。至于用金钱募集的雇佣军（这就是自己的臣民不可靠的时候的助力），所有的先例都证明任何依靠雇佣军的政府或君主虽然可以得一时之意，可以把双翼伸展开来，但是不久就要面临换羽的境地。

犹大和以萨迦的命运是永远不会相同的[3]，同一个民族或国家不会既是幼狮又是负重的驴子，而且一个赋税过重的民族也永远不会变得英勇好战。确实，经国民同意而征收的赋税与仅由掌权者片面征收的赋税，挫伤人民勇气的副作用就大不相同了。荷兰的国税就是一个很明显的例子，在某种程度上，英国的特税也可算是一个例子。读者必须注意，我们现在所论的是心胆的问题而不是钱包的问题。一样的赋税，无论是经过同意还是强加的，对于钱包来说是一样的，但是对于人民的勇气，其作用可就不同了。因此可以断定，凡是困于赋税的民族是成就不了霸业的。

凡是强大的国家都应当小心，不可使国内的贵族和绅士阶级人数增加过速。因为这种情形将使平民变为农奴村夫，使他们的意志沮丧，实质上是上流阶级的奴仆而已。这就像丛林的生长，假如让小树长得过密，那么就永不会有疏密有致的丛林，只有灌木。在一个国家中，如果上流阶级人数过多，平民就显得卑下，其结果是一百个头颅没有一个佩戴头盔的，对于那作为军队的中流砥柱的步兵就更是如此，这样的国家就会人口众多而力量弱小。若要找个例子来证明这一点，最好把英国和法国比较一下：虽然英国在疆土辽阔和人口数量方面都不及法国，然而和法国敌对起来，居然是强者，因为英国的民众能成为优良的兵士，法国的雇农则不能。关于这一点，英王亨利七世的策略（我曾在拙著《亨利七世本纪》中详尽论述）真是用意深远、值得钦佩，他把田庄、农舍都规划齐一了。所谓规划齐一，即耕者有其田，使那田庄、农舍里的人生活富裕不致沦为贱役，这种制度使农民成为田地的主人而不仅仅是雇农。这样一来，也就可以获得维吉尔所描述的古代意大利的那种特点了：一片武力强盛、土地肥沃的国土。

还有一种状况也不可忽略（据我所知，那种状况几乎是英国所特有的，也许除了波兰，其他国家中都难见到）。我指的是，为贵族和绅士服务的仆人和侍从都是自由的人，他们在作战能力上丝毫不逊色于自由民。因而，贵族和绅士的华贵富丽、随从如云和热情好客一旦成为习俗，在很大程度上就导致了巨大的尚武精神的产生。反之，贵族和绅士如果生活得封闭、拘谨的话，就会造成军事力量的不足。

无论用什么方法，要让尼布甲尼撒[4]在梦中见到的那棵君主国之树强大到足以支撑起所有的枝叶的程度。这句话的意思是：帝王或者政府管辖下的臣民与他们统辖下的异族人民的数量相比，必须保持适当的比例。因此，所有使异族人容易入籍归化的国家都是适于成为帝国的。若一个小小的民族，因其智勇绝伦，竟足以征服并占有广阔的版图，这种事短时间是可能的，但是不久将会灭亡。斯巴达人对于入籍一事过于严密，因此，当他们守着自己的小小的国境的时候，地位是很难巩固的；但是到了他们的国境扩张，枝叶繁多到躯干所不能支持的时候，就会突然覆亡，如风吹果落一样。在异族入籍这点上，从来没有一个国家如罗马那样开放。罗马也有了较完美的结局，成了世界上最伟大的帝国。罗马人的办法是不仅把国籍权（他们叫作市民权）给予入籍的人，而且还把这种权益极为充分地给予他们。也就是说，罗马帝国不但把交易权、婚姻权和继承权给予入籍的人，而且还给予他们选举权和任官权。这种授权不限于个人，一个家族也可以享受这些权利，不但如此，一城之人、有时一国之人也可如此享受罗马公民的权利。此外，再加上罗马人有移民的习惯，罗马这棵植物就由本土而移植到异乡的土壤中了。把这两种制度合为一体，便可以说不是罗马人扩散到全世界去，而是全世界扩散到罗马来了，这确是大国之道。我曾对西班牙感觉惊异，地道的西班牙人如此之少，他们何以占据并统辖这么大的属地呢？但是西班牙本国的疆土的确是一棵大树，较罗马和斯巴达初起的时候，优胜多了。虽然他们没有让人自由入籍的惯例，可是有仅次于这个惯例的办法：在由普通士兵组成的军队中，用人是差不多毫无本国人与异族的区别的，有时甚至最高将领中也有异族人。就国王腓力普所颁的特诏来看，似乎他们已经意识到了本国人口缺乏的问题[5]。

需要久坐在户内作业的行业以及精密的制造业（需用手指之巧而不用臂力之强）的人本性就与好战心理不合，这是毫无疑问的。一般来说，所有好战民族都有点游荡习性，爱冒险，不爱劳作。若要他们仍旧保持那种勇武的精神，就不可过于改变他们的性格。因此，古代的斯巴达、雅典、罗马以及其他国家都蓄养奴隶，让他们承担那些劳作，这对那些国家是有利的。但是大部分蓄奴之制已被基督教的教律废除了。最相近的办法就是把那些行业的大部分工作留给异族人去做（异族人为了这个缘故也易在所在国里安身），而把本国民众的大多数限于三种职业——耕者，自由的仆役，有力又有男子气的工匠，如铁匠、泥匠、木匠等，正式军人还不算在内。

国家想要称霸，最为重要的一点是：国家需要对外宣称军事是他们最主要的荣耀、学识以及职业。在我看来，我所说的那些不过是军事上的准备罢了，如果没有达到最终的目的，那么这些准备又有什么用处呢？罗穆卢斯[6]死后（据传说或寓言），给罗马人送来了一个忠告，让他们重视军事。如果他们这样做，他们将成为世界上最强大的帝国。斯巴达的国家结构是全然（虽然不甚巧妙地）以武事为目的而建造、组织成的。波斯人与马其顿人在短时间内有过这样举国皆兵的情形。高尔人、日耳曼人、戈斯人、撒克逊人、诺曼人和其他民族在某一时代都有过这样的辉煌。土耳其人如今还是这样的情形，虽然与以往相比已经大为衰颓了。在信奉基督教的欧洲国家中，实际有这种情形的国家只有西班牙。但是无论哪个国家，其所最得力者就是平日所最致力者，这个道理太明显了，不必多说，不尚武的国家是不会突然变得强大的。相反，那些长期尚武的国家（如罗马和土耳其）将成大业、立奇功，这是历史的启示。那些仅仅在某一时期尚武的国家也多半曾变得强大，而且在他们尚武活动日渐衰微之后，也能持续一段时间。

与这一点对应的问题就是，一个国家应该有自己的法律和习俗，给它发动战争提供足够正当的理由。人性之中自有一种正义感，除非有争战的根据或理由（至少是勉强可以算作理由的话），人们是不肯贸然加入战争的。土耳其的君主为了作战，常以传播他的宗教为由，这是一种最便利可以随时利用的理由。罗马人开疆拓土的事业已经成功之后，把这种事认为是统兵将帅的大荣耀，然而他们从未把开拓疆土一事认为是发动战争的理由。凡是志在强大的国家，第一，对于别国的侮辱和伤害，应当敏感，无论这种侮辱伤害是加于边邻，还是施于商人或使节，并且不可纵容别人的挑衅。第二，他们应当常常准备对盟国加以援助，罗马人一直如此。如果某个国家与罗马以外的国家也缔结盟约、互为保障，当敌国来犯之时，这个国家分头乞援，罗马人总是首先赶到，不让别的国家有这种荣誉。至于古人为了拥护一党一派或实质相同的政体而起的战争，我不懂那是什么正当理由。比如，罗马人为了希腊的自由而战，斯巴达人和雅典人为了建立或颠覆民主政治和寡头政治而战，又如某一国的人假借公道或人道的名义，来解除他国的专制与压迫，诸如此类。总之，这一句就够了，对于一个想要强大的国家来说，必须注视着任何正当的动武理由。

缺少锻炼就不健康，人体和政体均是如此。对于一个王国或共和国，一场正义、光荣的战争乃一种真正的锻炼，这是无疑的。内战就像患病发热，对外作战则好似运动发热，后者是可以保持健康的，因为在和平中，人民将变得柔弱，民风将变得败坏。但是，不管为了获得幸福用了什么方法，为了国家的强大起见，大部分国民从事武备是很有利的。一支常在行动中的、久经战争的军队的力量（虽然花费巨大）正是使我们在所有邻国中能有发号施令之权（或者至少能有这种名誉）的工具。西班牙就是一个很显然的例子，西班牙在欧洲各处差不多都长期驻有精兵，已经约有一百二十年之久了。

二十九
论国家和政府真正伟大的地方

一个国家如果成为海上霸主，那么就等同于成立了一个帝国。西塞罗致书阿蒂克斯论庞培对恺撒的军事准备时这样说道："庞培所遵循的是一种真正的地米斯托克利式的策略，他认为掌握海上霸权的人，就掌握了一切。"毫无疑问，如果庞培不因自大轻敌而舍弃小洲回到陆地，那么他一定可以使恺撒为他卖命。海战的重大影响是看得见的：亚克兴战役[7]决定了罗马帝国的归属，勒班陀之战[8]制止了土耳其人的强横。海战决定战争胜负的例子有很多，这种情形固然是君主把国家的安宁建立在海战之上的情况造成的。然而握有海上霸权的一方是很自由的，在战争上拥有主动权，一随己意。那些陆军强大的国家往往会遭遇极大的困境。在今日，我们欧洲诸国中，海上势力（这种势力是大不列颠主要的优点之一）是巨大的。一方面是因为欧洲的各国大多不是纯粹的内陆国，国境临海；另一方面是因为东西印度群岛的大部分财富似乎唯有握着海上霸权的人才能得到。

与古代的战争所带给人们的光辉、荣誉相比，近代的战争就像在黑暗中进行的。为了激励士兵的斗志，现在会有爵位和勋章之类的东西作为表彰，却被随意颁发，不分军人和非军人。还有一些匾额，等等。但是在古时，那在战胜地点屹立的纪念柱、追悼的颂辞以及纪念阵亡将士的碑坊、奖给个人的花冠、授予总司令的称号（就是后来各国君主所借用的）、凯旋将帅的游行、兵队复员时的重大犒赏，都能激发人的勇气。最重要的莫过于罗马人的凯旋式，这种凯旋式并不仅是仪式或夸耀，而是一种极其明智、崇高的制度。因为它包含三方面：将帅赢得荣誉；国库获得战利品而增进了财富；军队得到赏赐。不过那种荣誉也许不适于君主国，除非把它归于君主本人或他的子嗣们，如后来的罗马皇帝们一样：他们把自己或子嗣曾经亲自参加的战役的凯旋式由自己或子嗣包办了，而臣子得来的胜利，则仅赐予统兵将帅胜袍和勋章。

总而言之，在人这个小小的身躯上，谁也不能（如《圣经》所说）“身量多加一肘”；但是在君主国和共和国中，正是君主或者政府使国家更加辽阔和壮大。通过引进我们现在所谈及的那些治国策略、政令和习俗，他们就可以为后代和继承人打下坚实的基础。但这些事情通常不被人注意，只能顺从历史的发展。

译注

1. 梭伦（约前638—约前559），古雅典政治家、诗人。传为古希腊“七贤”之一。

2. 克罗伊斯，吕底亚末代国王（约前 560—前 546），自夸多金，其名已成为“富豪”的同义语。
3. 雅各曾说，犹大是只小狮子，以萨迦是头强壮的驴。
4. 尼布甲尼撒，古巴比伦国王。
5. 可能指腓力四世的特诏：鼓励婚姻，优待有六个子女的夫妇。
6. 罗穆卢斯，传说中罗马城的创建者，王政时代的第一个国王。
7. 亚克兴战役，古罗马屋大维与安东尼的决战，发生在亚克兴海角，屋大维打败安东尼。
8. 1571 年土耳其人在勒班陀海战中大败，从此失去在地中海的海上霸权。

三十

论养生

在养生学中，有一种睿智是医学不能解释的。一个人通过对自身的观察和了解，知道什么东西对自己是有益的，什么东西对自己是有害的，这是最好的保健良方。但是在下结论的时候，如果说“这个与我的身体不合，因此我要戒它”比说“这个好像于我没有什么害处，因此我要用它”安全得多。少壮时年富力强可以忍受许多纵欲行为，而这些行为其实是记在账上，到了老年的时候，是要还的。留心随着年岁增加而发生的身体变化，不要永远想着做年轻时能做的事情，岁月不饶人。在饮食这个重要的部分上不可突然改变，若万不得已，其他习惯也应随之而变，以便配合得宜。在自然界的事情和国家事务上都有一个秘诀，就是变一事不如变多事安全。把你平日饮食、睡眠、运动、衣着等习惯自省一下，并且把其中你认为有害的习惯逐渐戒掉。但如果你因这种改变而感觉不适的话，就应当恢复原来的习惯，因为把有益健康的习惯和于个人有益、于你自己的身体适合的习惯区分开来是不容易的。

在吃饭、睡觉、运动的时候，保持心情舒畅、精神愉悦，是追求长寿的最好秘诀之一。避免嫉妒、焦虑以及压抑的情绪，还有钻牛角尖、欣喜若狂、黯然神伤。应满怀希望和保持愉快，而不是狂欢；保持愉快，但不可乐极生悲；应该怀有惊奇和羡慕；应该读书学习，这会使你的头脑充满光辉灿烂的东西，如历史、寓言以及对大自然的思考。如果你在健康的时候完全摒弃药品，到了需要它的时候，你的身体会不习惯；如果你习惯于服药，则当疾病到来之时，药品就不能产生良好的效果。我认为与其常服药饵，不如按季节变更食物，除非服药已经成了一种习惯。因为不同的食物是可以改变体气而不扰乱它的。对于身体上的任何新症候都不可小视，而应向人求教。在病中，要注意健康；在健康的时候，要注意多活动。因为劳动能使人体产生耐力，身体微恙只要注意饮食、多调养，就可以痊愈了。塞尔苏斯[1]教人养生、长寿之道，最重要的就是一个人应当把各种相反的习惯都变换着练习，但是应当稍重那有益于人的一端；禁食与饱食都应当练习，但是宁可稍重饱食；警醒与睡眠都应当练习，但是宁可偏向睡眠；安坐与运动都应当练习，但是宁可着重运动，诸如此类。塞尔苏斯要不是一位医生兼哲人的话，专以医生的身份是绝对不会说出这种话来的。如他所说的办法，既能维持生理又可增强体力。

有一些医生对病人的脾气放任迁就，导致疗效不好；还有一些人是严格按照治病的理学处之，尽管非常严谨，但是对于病人的实际情况了解不当。选择医生的时候最好请一位二者兼备的人，如果找不到这样的医生的话，则在两种人中各取其一而调和。而且，固然要请最有名的好医生，也不可忘了要请那个最熟悉你身体状况的医生。

译注

1. 塞尔苏斯，公元 1 世纪古罗马著名医学家，百科全书编纂者。

三十一

论怀疑

若心中有怀疑，就像蝙蝠一样，永远在暮色中飞翔。怀疑应该被禁止，或者至少受到限制，因为这种心理状态会使人精神迷惑、远离亲朋，并且会干扰工作，使其不能顺利进行。怀疑让君王滥施暴政，使丈夫嫉妒横生，使聪明人优柔寡断。怀疑不是心病，而是一种脑疾，即使天生聪敏、勇健的人也会产生怀疑的思想，比如英王亨利七世，世上没有比他更多疑的人，也没有比他更勇猛的人。对他来说，怀疑并不是十分为害的，因为具有这种禀性的人多半不会贸然接受种种怀疑，而一定要先考察其是否有充分的根据。但是遇到天性胆怯的人，怀疑就会长驱直入。最能够使人多疑的，莫过于自己所知甚少。因而人们若想消除疑虑，就应该设法多了解情况而不是压制怀疑。

人们会有何所求？难道他们认为，他们所雇用和所交往的人都是圣人吗？难道他们以为这些人不会为自己打算，不谋私利、舍己为人？因此为了让自己不再产生怀疑，最好方法就是让自己心中认为那些怀疑是正确的，做好准备，眼里却将其视为假的，不可相信。一个人应当预先有所提防，如果所怀疑的事情是真，也不会让自己遭受伤害。自己心理上所生的疑念不过是蜜蜂的嗡嗡声而已，但听了别人的流言蜚语和私下谈论而产生的怀疑，就像蜜蜂的毒刺。毫无疑问，在怀疑之林中，最好的清道方法就是开诚布公地与所疑的一方相见，如此，就一定会更了解那些令人怀疑的事情的真相，又可使对方留意以免更有使人怀疑的地方。但是这种办法对于性格卑污的人是不可行的，因为这样的人一旦发现自己受疑，将永远作伪。意大利人有言："疑心是信任的放行证。"这句话说得就像疑心给了信任放行证，让其离去，但恰恰相反，受到怀疑之后应更加忠诚，从而使自己不再受到怀疑。

三十二

论谈吐

有些人在交谈中喜欢以善辩来判断这个人的才智，却忽略了洞察力的重要性，似乎只会表达而不会思考是一件多么值得赞扬的事情。有些人比较擅长谈论某种较为普通的话题，但是缺乏创新。这种贫乏的谈论多半会让人生厌，一旦被人发现，就是十分可笑的了。交谈中最应受到尊敬的，是提出话题，又能控制场面，转换话题，这样一来，那个人就左右全局了。在言谈中，最好做到随机应变，在叙事中夹以议论，发问中杂以己见，诙谐中和以庄语，因为若是总在谈论一个话题，就显得枯燥无味。至于诙谐的话语，在某些话题的谈论过程中应当避免，如宗教、国事、要人，任何人目前的要务以及任何值得怜悯的事情。然而有些人一定要言语锋利、尖刻、伤人，以此来显示自己的机智，这是应当制止的行为：

“小子，要少用鞭子，紧拉缰绳。”

一般而言，人们应当辨别俏皮与尖刻之间的不同。

那些喜欢讽刺他人、让别人害怕其言语的人，也同样害怕他人的记忆力。经常提问的人必定学得多，而且很得他人的欢心，尤其当他的问题恰好是被问者的专长的时候。如此，他们便乐于交谈，而问话的人也可以不断获得知识。但是问题不可烦琐，因为那就成了审问者了。谈话者还应当注意，务必让他人有说话的机会。不但如此，如果有人一直喋喋不休，就应当设法把这种人引开而使他人有机会开口，就像乐师们看见有人跳“欢乐舞”跳得过久的时候的做法一样。假如别人认为你知道的事情而你装作不知，则以后你所真不知道的事情，人家也要以为你是知道的。关于自己的话应该少说，而且应当谨慎择言。我认识一个人，经常说“他一定是个智者，因为他关于自己有那么多的话说”。若想称赞自己而不显丑态，就要称赞别人的长处，尤其是他认为自己有那种长处的时候。伤及他人的话应当少说，因为谈论应当像一片广阔的原野，人可以在里面东西行走，而不应当像一条大道，直达某家的门口。我知道有两位贵族，都是英国西部的人，其中一个人有讥笑人的癖好，但又总是在家中盛情宴客。另一个人就经常问那些去他家赴宴的人：“老实告诉我，在他的席上没人受他的冷嘲热讽吗？”对此，赴宴的人总是回答：“是说过那样的话。”于是这位贵族就说：“我早就料到他一定会把筵席给糟蹋了。”慎言胜于雄辩，用适当的话与人交谈比言辞优美、条理井然更重要。如果一个人只擅长滔滔不绝地讲话，而不善于对答，那么就显得乏味；如果一个人善于对答，可是不能有始有终地讲话，那么就显得这个人说话浅薄。这就如同我们在动物世界中所见到的那样，最不擅长走路的动物往往在转身时最敏捷，猎犬和野兔之间的差别就在于此。在谈论正题前闲言太多会让人生厌，但是如果完全不言其他，又显得过于草率。

三十三

论殖民地

殖民地是古老的、原始的、英雄的一大业绩。当世界还在初期的时候，就拥有了许多子女，但是现在它老了，它的子女也就随之减少了，因而我们不妨说新的殖民地的诞生不过是旧有的国家的子女。

在我看来，殖民地最好是在一片处女地上生根发芽，也就是说，在空旷无人的地方殖民，无须因为要引进新生而废除旧物。否则就不能称为殖民地了，而成了除民地了。培植一个新国家就像造林：必须先预备折本二十年，然后才能期望最终获利。大多数殖民地之所以毁灭，主要原因就是在殖民事业最初的几年里卑劣且匆忙地取利。当然，如果迅速获得的利益与殖民地应得的利益相符，那自然是不可忽视的，但应以此为限，不可多求。

将本国人中的没有素养的蠢人，或者作奸犯科一类人聚集起来作为移殖的人民是一件不齿的事情。因为这种做法会破坏殖民地，这些人还会过着以往腐败的生活，继续不务正业，胡作非为，消耗粮食和蔬菜，并且没有常性，极容易产生厌倦心理，向故国捎话带信，损害殖民地的声誉。用作移民的人民应当是园丁、耕者、工人、铁匠、木匠、细木匠、渔夫、猎鸟者以及少数的药剂师、外科医生、厨师、面包师。在欲殖民的国土中，第一要各处考察，看那个地方有何天然野生的食物，如栗子、胡桃、波罗蜜、橄榄、枣、李、樱桃、野蜂蜜之类，并且利用这些东西。然后再看那个地方有什么食物生长迅速，是在一年以内可以成熟的，如胡萝卜、芜菁、洋姜、菊芋、玉米等。至于小麦、大麦、燕麦，它们需要的劳力太多。但是不妨先种点豌豆、大豆，一则因为它们所需的劳力较少，再则因为它们既可以作为主食，也可以作为蔬菜。稻米的产量是很大的，并且它也是一种副食。尤其应当在殖民之初带大量的饼干、燕麦粉、面粉等到殖民地去，直到能做出面包为止。至于家畜、家禽之类，主要应当带那些不易生病而繁殖最快的去，如猪、山羊、雄鸡、雌鸡、火鸡、鹅、家鸽以及这一类生物。

殖民地所有粮食的耗损量应该同城里的消耗量一样，也就是说每个人消耗食物的数量是有限的。作为菜园或粮食的土地，其主要部分应该用作公地，所收获的农产品应该储藏在公用的粮仓中，然后按照固定的数量进行分配，此外还应当留些田地，作为个人的私有财产来耕种使用。同样，也应当留心殖民地的土壤适于出产何种经济作物，好让这些作物可以以某种方式稍为减轻殖民地的经济负担（只要如以上所说，不为害于首要的事业就行了），如弗吉尼亚的烟叶。[1] 在许多地方，森林是只会多而不会少的，因此木材也可算是上述经济物产之一。如果有铁矿，并且有河流，就可以令人在河边建立碾磨厂，在森林茂密的地方，铁就是一种可贵的产物了。在气候适宜的地方，晒盐是应当尝试的。类似，如果有棉麻之属，也是一种可贵的物品。在富有松杉的地方，沥青和焦油是不会缺乏的。同样，药材、香木这一类东西，只要多产，一定是可获大利的。还有草木灰以及其他可以发现的物品，也都是可以借之得利的。但是不可过于注重矿产，因为矿产的产出是不可靠的，而且常使殖民忽略其他方面而懒于劳作。

至于治理，最好是让一个人掌握大权，然后由若干个议事官辅佐他，并且最好赋予他们可以实施军事管理的权力。特别是让人们得益于在荒野中居住的心理，而在心中永远拥有敬爱上帝和服务上帝的观念，是非常重要的。殖民地的政府治理不可依靠殖民地过多的议事官和委员之流，这些人的人数应该适中；而且这些人最好是贵族、绅士，而不是商人，因为商人总是重眼前之利。在殖民地根深蒂固以前，最好不要以关税来束缚它；不但要不受关税的束缚，还要让殖民地的人有把他们的物产运到可以获利最多的地方去的自由——除非是有特殊理由，应当防止关税的出现。不要源源不断地送殖民者到殖民地，以致人满为患。相反，要留意殖民地的人口数量的减少并且按照比例来补充，一定要确保殖民地的人可以安居乐业，而不要让他们因为人口过多而陷于贫困的境地。

有些殖民地建在海滨河岸的沼泽地和不卫生的地方，这会给健康带来巨大的损害。起初不妨在上述的地方建筑，以避免运输上及其他不便，但是若要为长久之计，应当往河岸之上的高处建筑，而不可沿河建筑。为了居民的健康，殖民地的人还应当存储大量的食盐以便必要时腌藏食物，毋使其腐烂。如果在有野蛮人的地方殖民，不要仅仅以不值钱的零碎物件或玩具得到他们的欢心，应当以公道与恩惠待他们，而同时谨慎防备。也不可帮助他们攻击他们的敌人以取悦他们，而在他们受敌人攻击的时候帮他们自卫，是可取的。此外还应当常常在他们之中选派若干人，送到殖民的宗主国去观光，好让他们可以看见比自己的生活好的情形，并且在回来的时候称赞这种情形。殖民地壮大后，不但男子移殖了，女子也可以随之过去。这样殖民地就可以世世代代地繁衍下去而无需由外界补充人口了。而在一个殖民地已经有所进展时将它抛弃，可谓世上最大的恶行，因为这不仅仅是一种羞辱，更是一种残杀许多无辜人的死罪。

译注

1. 培根认为种植烟草是有害的。

三十四
论财富

对于财富，我想不出更好的形容词来形容它，就只好称它为“美德的包袱”吧。罗马语中的词汇显得更好——impedimenta（字面意思是指障碍物、辎重、行李）。财富对于美德，就如同辎重对于军队。辎重是不能抛弃的，但是它阻碍军队的行进，而且有时候因为要顾及辎重，会导致迷失甚至失败。巨大的财富其实没有什么真正的用途，唯一的用途就是施众，其余的东西不过是幻想罢了。所以所罗门说：“货物增添、吃的人也增添。物主得什么益处呢？不过眼看而已。”一个人的财富达到了某种限度之后，便为个人的享受所不能及，他可以储藏这种财富，可以将其分配并赠送他人，或者因此而出名。但是于他本人，这些财富是没有实际用处的。难道看不见世人对于小小的石头或稀有之物予以多大的虚价吗？难道看不见世人为了虚荣做了多少工作，以表明他们是富有的吗？你也许会说，这种财富可以买通关节，使人摆脱危险或困境。如所罗门说的："富足人的财物，是他的坚城，在他心想，犹如高墙。"这话说得极妙，因为那座城堡在想象中如此，在事实上则未必如此。毫无疑问，被财物所出卖之人的确多于买通的人。不要追求耀眼的财富，仅寻求你可以用正当手段得来、庄重地使用、愉快地施与、安然地遗留的那种财富。也不要有一种遁世或乞僧式的对财富的轻视。应当善加辨别，就像西塞罗对拉比里厄斯·波斯图玛斯所说的那样："在他对财富的追求中，很显然的一点是，他所追求的东西不是贪婪的夺得品，而是一种行善的资本。"此外，还要听从所罗门的话语，不要急于聚集财富，因为"想要急速发财的，不免受罚"。

诗人们有过这样的预言，当普路托斯（财神）为宙斯（天帝）所派遣的时候，他步履蹒跚，行走迟缓；但是当哈得斯（冥王）派遣他的时候，他就跑得很快。这个寓言的意思就是，用善良的方法和正当的工作得来的财富是来得很慢的，但是由别人的死亡而来的财富（如遗产、继承等）则是骤然落在身上的。若把哈得斯当作魔鬼，这个寓言也用得上。因为当财富是从魔鬼那里得来的时候（如由诈欺、压迫和其他不正当的手段而来），它们是来得很快的。致富手段很多，而其中大多数是卑劣的。吝啬是最好的致富道路之一，然而并不清白，因为吝啬使人拒绝乐善好施。耕种土地是获得财富最为自然的方式，因为那是我们伟大的母亲的赐福，也就是大地的赐福，但这种方式获得财富是缓慢的。然而如果巨富之人能屈尊从事农业，就会极大地增加财富。我从前认识一位英国的贵族，他的钱财很多，他是一位大草原主人、大牧场主人、大森林主人、大煤矿主人、大铅矿主人，同时还在几个方面对资源进行了妥善使用。这样一来，就永无休止的收入而言，大地于他就像大海一样。

有人说，自己致小富的时候很难，致大富的时候很容易，这话是非常正确的，因为一个人如果已经富有到可以坐待市场好转，并且做成常人无钱经营的交易，又能与年轻人合作，他的财富必大增不可。

通过做一般的生意和从事某种职业获得的财富是诚实的。其财富增加的原因主要有两点：一是勤奋，二是在交易过程中秉持着公正、严谨的名声。采用奸诈的手段做生意所获取的利益会让人产生怀疑。比如，趁他人有需求而提高价格、贿赂某人的亲信，或者用阴谋诡计使商人在别的渠道无法开展工作，从而使得自己获得做生意的机会，等等。这些都是奸诈卑劣的行为。选择适当的合伙人做生意，是能致富的。放高利贷是获利的最可靠的方法之一，虽然是最坏的方法之一，因为这种方法，可说是使放贷的人借他人的汗流满面而果自己之腹。不但如此，他们在礼拜日（做礼拜的日子）也获得收益。虽然放高利贷是很靠得住的致富术，但这种方法也不无缺陷，因为介绍人和中间人之流常常会为了自己的利益替信用不佳的人夸其财富。在某种发明或专利上占有优先权，这种幸运有时能使人发横财，如加那利群岛的第一个糖业家。因此，如果一个人能做真正的逻辑学家，那就是，既有发明之才，又有判断力，他是可以成大富之人的，尤其是时世相随的时候。专靠固定的收入是不容易致富的，把一切财产都用在经济冒险上的人往往会倾家荡产。因此最好能有以某种固定收入为冒险事业的防卫，如有损失，可有相当的支持。垄断和专售如果没有束缚，是很好的致富之术，尤其是做这种事的人提前知道某种货物将要有广大的需求因而预为购存的时候。由服务而得来的财富，虽然来路最为高尚，然而假如是由谄谀逢迎以及其他奴婢行为而得来的，则可算是最卑劣的财富了。至于图谋遗嘱及遗产监理权之事（如塔西佗关于塞涅卡的话："遗嘱和无子嗣的人都被他像用猎网一样逮住"），则更为卑劣，因为在争当遗嘱执行人和争取未成年人的监护权的时候，与提供服务相比，其行为更为低贱。

不要过于相信表面上轻视财富的那些人，他们轻视财富的原因是对财富产生了绝望的心理。如果他们有了财富，那就再没人能比得过这般人对财富的热爱了。不要爱惜小钱，钱财是有翅膀的，有时它会飞走，有时你必须放它出去，好招引更多的钱财来。人们通常把钱财留给亲属，或留给公家，不论是何种情况，适中的数目收益最好。留给继承人一份巨大的产业，就好像是给周围所有的食肉猛禽留下一个诱饵一样，如果他在年龄和判断力上不成熟的话，那些食肉猛禽就会前来抢夺。同样，炫耀性的赠予和基金，就像“没有盐的祭品”一样，只不过是为善举所筑的粉刷过的坟墓而已，很快就会从里面腐烂坏死。因此，不要以数量作为你赠予的标准，而应当适度。再者，也不可把捐赠延迟到死后，假如正当地考虑一下这件事，则可以看出这样做的人其实是慷他人之慨，花别人的钱，而不是自己的钱。

三十五

论预言

在此我想要谈论的，既不是神灵的启迪，也不是异教徒的谶谕，更不是关于大自然的种种揣摩，仅仅是事实确凿，但所言之事又很不明朗的预言。女巫曾对扫罗说过这么一句话："明日你和你众子必与我在一处了。"荷马对此有如下的诗句：

> 在那里埃涅阿斯这一族，他儿子的儿子，子子孙孙，将会把全世界统治。

这似乎是有关罗马帝国的一个预言。

悲剧作家塞涅卡曾说过这么几句诗句：

在未来必将有一天，
海洋将脱离大自然的束缚，
广阔的陆地将敞开胸怀，
航海家将发现新大陆，
图勒将不再是大地的源头。

这似乎是一个关于发现美洲的预言。波利克拉特斯[1]的女儿梦见宙斯替他父亲洗浴，阿波罗给他涂膏油，其后波利克拉特斯果然被钉于露天的十字架上，在那里太阳晒得他遍体流汗，雨水冲洗他的身子。马其顿王腓力普梦见他把他妻子的肚子封了起来，醒后他解释是他妻子将不能生育；但是预言家阿里斯坦德却对他说他的妻子怀孕了，因为一般人并不会把空的容器给密封起来。曾在布鲁图的帐篷中出现的一个鬼影对他说："你一定会在菲利皮再遇见我的。"提比略对加尔巴曾说："加尔巴，你也会尝到帝国的滋味的。"[2]在韦斯巴芗的时代，东方流传着一种预言，说是从犹迪亚出来的人君将统治全世界。虽然这个预言也许是针对救世主耶稣而发的，塔西佗却认为是指韦斯巴芗的。图密善[3]在被杀的前一夜，梦见从自己的脖子上长出了一颗金头颅，果然他的继承者造就了多年的黄金时代。在亨利七世还是个孩子的时候，亨利六世给他端水，同时对别人说："这孩子就是将来要享受我们现在所争的王冠的人。”从前，我在法国的时候，曾从一位名叫辟纳的医生那里听来一个故事，他说法国的太后（她是很信法术的）曾把先王（她的丈夫）的生辰配上一个假名字，拿去叫人推算，那术士论断说，这人将于决斗中被杀。王后在听了这句话后放声大笑，她一直认为没有人会与她的丈夫决战，但是后来她的丈夫竟然在马上比枪的游戏中惨遭杀害，因为枪头末端破裂处的木刺不小心刺破了盔甲，钻进头颅里面。

在我年轻的时候，正是伊丽莎白女王风华正茂之时，我听过一个普遍流传的预言：

> 麻子纤维织成线条，
> 英格兰也就结束了。
> (When hempe is sponne，England is donne)

这句话的意思多数人都以为是这样的，把英格兰君王的名字的首字母排列起来，就组成了 hempe 这个词，然后在几位君王（即 Henry、Edward、Mary、Philip 和 Elizabeth）统治之后，英格兰便将大乱。感谢上帝的恩典，这种情形并没有成真，仅仅改变了国号而已：因为当今主上的尊号不是英格兰王，而是不列颠王了。

在一五八八年以前，有过这样的预言，其含义我不是很理解：

有一天你会发现，
在鲍岛和梅岛中间，
有挪威的黑色军舰。
在军舰来到又离开后，
英格兰就开始用石灰和石头造房，
因为战争以后是和平。

人们以为这些话指的是一五八八年来犯的西班牙大军舰，因为据说西班牙君主的姓是挪威。

君山先生[4]有一句预言：

一五八八年，是奇特的一年。

人们认为这在西班牙舰队的出击中得到了应验，这个舰队，虽然不能称为海上舰队的数量最多者，但是它的力量确实是最强的。至于克里昂[5]的梦，我以为那是个笑话。这个梦就是他被一条龙吞噬了。据人解释，那条龙就是一个做腊肠的人，那人曾经给克里昂捣过乱。像这样的事不止一件，假如你把梦兆和星命学的预言包括在内的话，其数量将更多。我只是举几个有凭有据的例子而已。我的意思是，这些东西都应当轻视，应仅仅当作冬天在炉边的谈资而已。我所说的“轻视”指的是它们本身的不可信，而散布这种东西的行为是决不可轻视的。因为这一类事情曾酿成许多祸害，各国曾立了许多严厉的法律来禁止它们。之所以使这类东西流传众口以及对众人来说有某种程度上的可信性，有三种原因：第一是人们只注意这种预言应验的时候，而不注意它们不应验的时候，这和人们对于梦的态度是一样的。第二是可能性较大的推测或含糊不清的古语常常会变为预言，而人们有预测将来的天性，并认为把自己所推测的事情说出来是一种没有危险的举动。塞涅卡的诗句就是如此，因为在当时已经显然可见地球在大西洋之西还有很大的地方，这些地方不一定是一片汪洋。在这种理论之上再加上柏拉图的《蒂迈欧篇》与《克里多篇》中的传说，就可以鼓励人，使人把这种说法变成一种预言了。第三点也是最重要的一点，就是这些数量巨大的预言几乎全都是假话，只不过是在事件发生之后，由那些无所事事而又头脑机灵的人编造和杜撰出来的。

译注

1. 波利克拉特斯，公元前 6 世纪希腊萨摩斯岛的僭主。
2. 提比略对加尔巴说这句话时，加尔巴还是个士兵，后来在公元 68 年当上了罗马第九代皇帝。
3. 图密善被其妻及大臣刺杀在卧室。
4. 指德国天文学家约翰 · 穆勒。
5. 克里昂（？ 一前 422），古雅典统帅，继伯里克利为民主派首领，力求加强雅典海上霸权。

三十六

论野心

野心好像胆汁，作为一种液体，如果没有被阻塞的话，它就会让人们变得认真积极、敏捷且活跃。一旦被阻塞，它便不能顺畅通行，会焦枯，成为有毒性的液体。有野心的人，如果自己认为升迁可行，并且觉得自己在前进的话，与其说这种人是危险的，倒不如说他们是繁忙的。但是如果他们的欲望受到阻挠，他们就会变得心怀怨愤，看人、看事都用一种恶毒的眼光，并且在事情每况愈下的时候最为高兴。这出现在一位帝王或一个共和国的臣仆身上，乃最恶劣的品性。因此，为君者，如果使用有野心的人，任用时须使他们常在前进而不后退，方为有益；这种办法难免有不便之处，因此最好不要用有这种天性的人。如果他们本身与他们所从事的职务不并进的话，他们定将设法使他们的职务与己身一同堕落。不过，鉴于我们说过，除非必要，最好不要用天性有野心的人，那么我们不妨谈一下，在哪种情况下任用他们是必要的。

在战争中一定要雇用良将，且不论他们有多大的野心，因为任用他们的好处可以弥补一切，使用一个没有任何野心的军人来作战就好比拔除了刺激他的马刺一样。有野心的人还有一大用途，就是当君主遭遇危难或嫉妒的时候，可以作为君王的屏障。没有人愿意担当这样的角色，除非是瞎了一只眼的鸽子，只顾着往上高飞，因为它看不见周围的东西。有野心的人也可以将功高盖主的人拉下马，如提比略让马克罗处死塞杨努斯之事。[1]既然在类似的情形中有野心的人是非用不可的，我们还得说一说这些人应当如何驾驭，介绍他们带来的危害。这样的人，假如出身卑微，就比出身贵族的人危险性少；如果天性暴戾，就比仁爱而得人心的人危险性少；若是新被提拔，就比一向有势而又狡黠善防的人危险性少。有些人认为，君主拥有宠臣是一个弱点。但在对付有野心的大人物上，这又是所有的方法中最好的一种。当使人高兴和冒犯他人的事情是出自宠臣之手的时候，那么其他人也就不可能拥有过大的权势。还有一种制裁这种人的方法，就是用和他们一样骄傲的人与之对抗。但是必须有中立的大臣以稳定局面。若没有压舱物，船将颠簸得厉害。至少，做君王的可以鼓励并造就几个卑贱之人，使他们成为有野心的人的对头。如果这些有野心的人是天性畏怯的人，那么这两种办法也许很容易毁灭他们；但是如果他们是坚强有勇气的人，那么这两种办法也许会激进他们的图谋，反而成为一种很危险的办法。至于要除掉野心过盛的人，如果国事或王事需要这样做又不能突然有所举动，恐有不测的时候，唯一的方法是恩威并重、软硬兼施，这样一来，他们可能就无所适从，好像是走在树林里一样。

在各种各样的野心中，那种想要在大事上占有一席之地的野心，就不如想要在每一件事情上都要占据上风的野心有害。因为后者容易引起混乱，妨碍工作。

使一个有野心的人忙于事务，比使他拥有广大的从众危险少。那要在能干的人中出风头的人是给自己出了道难题，但是对公众是有利的。而那图谋在无足轻重的人中成为唯一的名人的人，会败坏整个时代。想要得到高位，有三个动机：有精忠报国的机会；能接近帝王与要人；能获得财富。在希冀之中的人们，若其居心是上述三种中最好的，那么就是一个君子；而那能在有所希冀的人的心里看出他有这种居心的君王，就是贤明的君主。一般来说，君主和政府应该选择那些更看重责任的大臣，他们不是想升迁，是出于责任感而热爱工作，而且不是出于炫耀个人而热爱工作，把做好事的天性和积极肯干的精神区别开来。

译注

1. 马克罗，提比略的宠臣。提比略想杀死塞杨努斯，就命令马克罗逮捕并处死塞杨努斯。

三十七

论假面剧和盛典

在各种严肃的问题中，此处要谈论的话题不过是小儿科。但是，如果因为君主偏好而一定要谈及这些事情的话，那么这些也就应该因雅致而增光了。

随歌而舞是很有气质、有娱乐性的一种活动。我是指合唱队在高高的舞台上演唱歌曲，配以弦乐器伴奏，歌词也要与情节相符。一边唱一边表演，尤其在对歌过程中，是非常优美的。在此我所说的是表演而不是跳舞（因为那是一种卑劣、庸俗的活动），对歌的声音也应当强而有力（配以一个低音和一个高音，不要最高音），歌词应当高雅、悲壮而不过于细致、绮丽。有几个歌唱队，此起彼伏地接连歌唱，如唱圣诗一般，是能使人快乐的。舞蹈跳得花里胡哨是一种幼稚的做法。一般说来，我所谈到的是人们自然会喜爱的事物，与令人惊讶的小伎俩没有什么关系。

的确，场景的转变，只要进展得悄无声息就会让人感到愉悦，因为这样做可以让人一饱眼福，不至眼前总是一成不变的东西。场景应当布置得明亮，色彩多种多样。剧中的演员，或任何登台亮相的人，先在台上做些动作，因为动作特别能吸引人的眼目，使其看清那些隐隐约约的场景。歌声应当嘹亮欢畅而不应当啁啾断续，音乐也应当准确响亮，并且音高得当。在烛光之下显得最漂亮的颜色是白色、粉红色和海水绿。可以用上闪闪发光的圆形小金属片，它们既不费钱，又最为光彩夺目。至于富丽的刺绣，在烛光之下是隐而不彰的。演员的服装应当优美，摘下面具之后的演员应当与所扮演的角色相配。这些服装还应当是异乎常见的样式，比如土耳其装、军装、水手装之类。幕间的滑稽节目不应过长，通常演的是傻子、羊怪、狒狒、野人、怪物、野兽、小鬼、巫婆、黑人、侏儒、小土耳其人、山泽之女神、乡下人、小爱神、造型变化等。至于天使，她们是不够滑稽的，因而不适于放在幕间的滑稽节目里。另一方面，凡是丑恶、可恨的东西，如魔鬼、巨灵之类，也是不妥当的。幕间的滑稽节目的音乐应该带有娱乐性，应有一些奇怪的变化。在有水汽、热气的人群中如果忽来几阵香风而不见任何水珠下坠的话，那就会令人感到愉快和新鲜。双重的假面剧，一组男的，一组女的，显得庄严与新颖。演奏的房屋如果不保持干净、整齐，一切都是空谈。

至于种种比武竞勇的游戏，它们的光辉灿烂之处主要在于挑战者入场时所坐的战车，尤其当这些战车是用奇兽牵拉的时候，比如狮子、熊、骆驼等。这些壮观显示为入场时的场面排场和服饰的缤纷，还有借助坐骑和盔甲的亮丽装备，不过，对于这些小装饰说得已经够多了。

三十八

论人的天性

人的天性通常是隐秘而不显露的，有时候会被压制，但很少出现被消灭的情况。如果压抑天性，就越会激起反抗。教导和谈心，可以让天性变得不那么让人厌恶，但也只有习惯才可以更改和驯服天性。

凡是想征服自己天性的人，不要给自己定下过大或过小的任务，因为过大的任务将因为经常失败而灰心；而过小的任务，虽然经常成功，但是进步甚微。还有，起初练习时应当有所借助，就好像学游泳的人用气囊和苇筏一样，但是以后，应在不利的条件下加以练习，就好像舞蹈家穿着厚鞋练习跳舞一样。因为假如练习比实用还难，那么其结果就更为完美了。

因为天性的力量甚强，难以克服。那么就得循序渐进：

第一，在时间方面要阻止天性，不要放纵，就好像有的人在生气的时候默诵二十四个字母[1]以抑怒气一样；然后在数量上减少，就像人在戒酒的时候，从祝酒畅饮减少到一餐只喝一口，直到最后完全戒掉一样。但如果一个人有那种刚毅和决心，能立即使自己获得解脱，是最为理想的情况：

> 那绞痛胸膛的锁链啪地崩断了，由此免于遭罪，
> 这也许是最好地维护了灵魂的自由。

还有古人的遗训说，应当把天性纠正到相反的另一个极端去，好像一根棍子似的，以便放开的时候刚好矫正。这句话也是正确的，不过我们要明白，此处所谓的极端不是恶德。

一个人不应该持续不断地把一种习惯强加给自己，而应当稍有间歇。原因有两个，一是这种休息或间歇有助于新的尝试；二是假如做法并非尽善尽美，继续练习的话，他不仅练习了他的优点，连谬误也一起练习了，并且将使优点与谬误具有同一种习惯。这种情形，除了合时的间歇和休止，没有别的补救之策。

但是一个人也不可过于相信他战胜了自己的天性，因为天性能够长期潜伏，到有了机会或诱惑的时候会复活。就好像《伊索寓言》中猫变的女子，她坐在餐桌的一头，能坐得

端端正正的，可是当有一只小老鼠从她面前跑过的时候，她就原形毕露了。因此一个人应当完全躲避这种机会，或者常常与这种机会接触，以便不被牵动。

人的天性在私生活里最易显露，因为私生活无需装模作样；在感情冲动时也最易看出，因为冲动使人把平日的教训忘了；在做新的事情或尝试时也最易看出，因为在这种情形里是无惯例可用的。

凡是天性与职业适合的人都是幸运者；反之，当人们从事不喜爱的工作时，他们就可以说："长期以来我的灵魂一直是个寄居者。"在学习上，强迫自己学习违背天性的东西要规定好时间；凡是学习适于天性的东西，则不必费心规定时间，因为思绪会自发地飞向它，只要用于别的工作或者学习上的时间够用就行。

人的天性不生香卉，便长野草，所以我们应该适当地多浇灌前者，并除掉后者。

译注

1. 公元 17 世纪之前，英文字母 i 和 j、u 和 v 没有区别，故 24 个字母。

三十九

论习惯与教育

人们的想法大都取决于他们的期望，言谈大都取决于他们的学识和从外部得到的知识，而行为举止是与他们的日常习惯分不开的。马基雅弗利说过一句很有道理的话（虽然他所说的事情是很丑陋的）：“无论是天性使然，还是夸大言辞，如果没有得到习惯的强化，都是靠不住的。”他的意思是，为了完成一个极其险恶的阴谋，不可信任所用的人之天性的凶猛或坚定的许诺，而应当任用以前曾经亲自下过手、手上染过他人的血的人。但是马基雅弗利不知道有一个修士克莱门特，不知道有一个拉瓦莱克，不知道有一个若雷吉，也不知道有一个巴尔塔萨·赫拉德。[1] 然而他的定律依然是不变的，即天性与言语上的允诺、要约都不如习惯有力。只不过现在迷信如此盛行，使得初次沾染鲜血的杀手，就像职业杀手一样心狠手辣。宣誓者的决心与习惯势均力敌，甚至在流血事件中也是如此。在迷信之外，习惯决定一切是随处可见的。其气势的强大，会让人们在表白、辩解、许诺、夸大后，一如既往地持续下去。似乎他们是缺乏生命力的偶像以及由一成不变的轮子习惯性地转动着的机械般，这种情况让人惊奇。

我们在了解习惯的统辖或专制后，就可以明白是怎么回事。印度人会安静地躺在一堆柴火上，然后把火点燃焚烧自己作为牺牲。不仅如此，他们的妻子也要争相同丈夫一同烧死。在古代，斯巴达的青年人非常乐于在迪亚纳的祭坛上接受鞭刑，一动也不动。我还记得在女王伊丽莎白时代初期，有一个被判死刑的爱尔兰叛党曾上呈总督，请求缢死他的时候用藤条而不用绞索，因为以前的叛党都是照例用藤条的。在俄罗斯有些僧人为了赎罪，会在冷水中坐上一夜，直到他们的身体被冻住。

习惯在人的精神和肉体两方面的力量，可以举出很多例子来。既然习惯是人生的主宰，人们就应当努力养成好的习惯。

如果是从幼年就开始培养的习惯，那就是最完美的习惯，即我们所说的教育。教育其实就是一种从早年就开始的习惯。所以我们看到，在言语上，幼年时代的舌头较为灵活，能学一切语法及声音，并且四肢关节也比较柔韧，适于各种竞技和运动。确实学得晚的人不能像从小就学的人那样灵活，除非有些从未固步自封、反而能够接受新的事物并准备好接受不断改良的人，但这种情形是非常少的。

假如单独的习惯的力量是很大的，那么共有的、联合的习惯，其力量就大得多了。由于他人的经历可以作为教导，他人的陪同可以当作帮助，好强之心可以使人受到刺激，荣耀能激发人的斗志，所以在此，习惯就能产生最大的力量。不可否认，美德的增加依靠良好的社会秩序和风气。道德的人民和良好的政府对美德的成长起到推波助澜的作用，但是不能从根本上改变。可悲的地方就在于，最行之有效的方法，却被应用在最不想达成的目标上。

译注

1. 克莱门特于 1589 年刺杀法王亨利三世；拉瓦莱克于 1610 年刺杀法王亨利四世；若雷吉于 1584 年刺杀荷兰共和国创建者沉默者威廉，同年歹徒巴尔塔萨·赫拉德再次行刺成功。

四十
论幸运

一些外在的偶然因素，诸如受宠、机遇、敌人的消息、适用于自身的情况，都在很大程度上导致了好运的产生，这一点是毋庸置疑的。但是一个人的命运，还是掌握在自己的手中的。因而有诗人这样说过："人人都可以成为自己命运的设计师。"而最为常见的外部原因就是，一个人的愚行便是另一个人的好运。最能使一个人突然获得成功的，莫过于靠着他人的错误了。"蛇不吃蛇，就不能变龙"。

显而易见的优点带来赞扬，但隐秘才能带来好运；一些使自我得以实现的手段尚无以名之。西班牙人把它们称之为"desemboltura"[1]，略能表现出这种力量。若一个人的天性中没有什么障碍或倔强，而是精神的轮子随着命运的轮子同转的时候，这就是 desemboltura 的意思了。同此，李维[2]在用下列的言辞——“这个人的体力与精神是如此强大，无论他生在什么样的家庭，他大概都会替自己赢得很好的境遇”——形容过大加图[3]之后，还注意到一点，就是他有“多种才能”。因此，如果留心观察，一定会看见幸运的，因为她虽然是盲目的，可不是隐形的。

幸运之道就像空中的天河，天河是一群小星的聚集或团结，单独的是看不见的，在一起才能放光。类似，有许多微小的、人所难见的美德，或者说是能力和习惯，会使一个人幸运。这些美德之中有几种是人们通常想不到的，意大利人却注意到了。譬如有一个做事从不会出错的人，意大利人在谈论这个人的时候，必定加进一句“他有一点傻气”。真的，有一点傻气，而没有太多的老实气，再没有比这两种特性更为幸运的了。因此，极端爱国或爱君主的人向来是不幸的，而且也是不能够幸运的。因为一个人将自己的想法抛掷脑后，不再考虑自身的时候，他所走的道路就不是他自己的了。

突如其来的幸运会成就一个阴谋家、躁动者（法国人称这种人为“好事者”或“喜动者”），但是经过磨炼的好运气，可以造就非常卓越的人。命运女神，哪怕只是因为她的女儿（自信和名声），也应该受到人们的尊重和敬仰，自信源于内心，名声来自他人。

所有的聪明之士，为了免于人们对自己才华的嫉妒，往往把他们的才能归因于天意和幸运，因为这样一来，他们也就可以心安理得了。除此之外，一个人若是受到上帝的庇佑，那就是他的伟大之处。所以恺撒对在暴风雨中行船的舵手说："你载着恺撒和他的命运。"所以苏拉选择了"幸运的苏拉"这个称号，而不是"伟大的苏拉"。而且人们注意到，那些公开地将成功过分归因于自己的智慧和计谋的人，下场是不幸的。据记载，古希腊政治家提谟修斯在向他的国家报告他的政绩的时候，经常在他的讲话中夹杂一句话："在这儿幸运并没有起作用。"从那以后，他所从事的事情从未获得成功。

不可否认，有一些人的幸运就像荷马的诗句，比别的诗人的诗句更流畅、也更从容。普卢塔克认为，与阿戈西劳斯和伊巴密浓达[4]的命运相比，提摩勒翁[5]的幸运就像荷马的诗句一样。之所以会这样，很大程度上还是取决于自身。

译注

1. 随机应变的能力。
2. 李维（前59—17），古罗马历史学家，著有《罗马史》等。

3. 大加图（前 234—前 149），古罗马政治家，作家。
4. 伊巴密浓达（约前 420—前 362），古希腊底比斯统帅，公元前 371 年，在“留克特拉战役中”以“斜契”阵法大破斯巴达军，次年攻入伯罗奔尼撒，再予斯巴达以重创，形成底比斯争霸希腊的局势，后指挥曼提尼亚战役亦胜，阵亡。
5. 提摩勒翁（前 400—前 337），古希腊军事家和政治家。曾率军解放叙古拉，保卫西西里。

四十一

论有息贷款

许多人都曾经谩骂过放贷人。他们说，人类供给上帝的物品是每个人所得收入的十分之一，可是现在上帝应得的部分被魔鬼占据了，这实在是一件令人可悲的事情；又说，放债的人乃破坏安息日的人，因为他的犁耙是每个安息日都在工作的；又说放债的人就是维吉尔所说的雄蜂。

他们将那些雄蜂驱逐出蜂房，然后又说放债人破坏了为堕落以后的人类制定的第一条法规，即“你必须汗流满面才能糊口”，放债的人却是在“借助他人的汗流满面然后得来食物”。又说放债的人应该戴姜黄色的帽子，因为他们确实犹太化了。又说钱生钱是有悖天道的，诸如此类。我只说一点，有息贷款是因为人心太硬而得到上帝允许的一件事，既然借与贷是免不了的，而且人的心肠是硬得不肯白借钱的，那么放债便非准许不可了。又有些人根据怀疑，对银行及财产的呈报和其他调查结果做过巧妙的建议，但是很少有人关于放债这件事说过有用的话。有用的是，把放债的利与害列举出来，以便斟酌选择其利，并且小心办理，使我们在走向改良之途的时候不要遇见比现在更坏的事情。

放债的害处有很多。首先，它减少了商人的数量。要是没有放债这种懒惰的生意，金钱是不会静止不动的，而应把大部分金钱用在商业流通中，商业乃国家财富的“门静脉”。其次，放债使商人的性质恶劣。假如一个农夫住在租价很高的田地上，那么他就不能好好地耕种他的土地；类似，假如一个商人不得不靠高利贷的话，他就不能好好地经营他的生意；第三个害处是附属于前两个害处的，就是帝王或国家的税收减少——税收原是随着贸易涨落的；第四个害处是放债把一国的财富都聚在少数人之手。放债人的钱是拿得稳的，而别的生意人却不是，所以到这出戏快结束的时候大多数钱都进了以放债为生的人的箱子里了，然而一个国家总是在财富平均分配的时候最为兴盛；第五个害处是放债之举把土地的价值压低了，因为金钱的用处主要在做生意和购置田产两方面，而放债打击了这两种事业；第六个害处是放债把一切工业、改良和新的发明都挫伤了，因为假如没有放债阻挠的话，上述的种种事业中自会有金钱活动；最后一个害处是放债会毁坏许多人的财产，而这种行为经过了相当时间之后会造成共同贫困。

另一方面，发放债务也有一些好处。第一，在某些方面，放债是阻碍商业发展的，然而在别的方面却是助长商业发展的，因为商业的绝大部分是由年轻商人靠着借有利息的债而经营的。如果放债的人把他的钱收回或者不放出去，马上就会发生商业上的大停滞；第二，要是没有这样容易的用利息借债的办法，人们的需要将使他们骤然破产，因为他们将不得不卖掉他们赖以生存的资产（无论是田产或货物），而且卖的价值远不及这些资产的真正价值。所以，放债行为固然在毁坏这些人，但是若没有放债行为，则不景气的市场将吞噬他们。至于抵押或典当之举，也是于事无补的。因为不是人们不肯无利息地收受抵押和典当，就是他们肯不要利息而接受典当物，却期待着没收那些资产。记得有一位乡下的狠心富翁，他常说："鬼把这种放债的举动拿去才好，它使得我们不能没收抵押的产业和证券。"第三，也是最后的好处，设想有不带利息的一般借贷是虚妄的，如果借贷之事受拘束，将发生的不便之处是不能想象的。所有国家都有放债，只不过种类与利率不同罢了，所以废止有息贷款这种意见只好送到乌托邦去了。

现在我们来谈谈改善管理放债事业的门道，如何做才能避免其危害从而保证它的益处呢？权衡放债业的利害，有两件事是应当调和的。一件是放债业的牙齿应当磨得钝一点，使它不至于咬人咬得太凶；另一件是应当留一个门户，鼓励有钱的人放债给商家，以便维持和促进商业。除非创立两种大小不同的放债，否则是办不到的。因为假如压低放债利率，对一般的借债者要容易一点，而商人将不容易借到钱了。并且我们也应当注意，因为商品交易获利最多，所以能担负高利贷，别的事业则不是如此。

要做到以上两点，就要遵循以下的方法。要有两种利率：一种是自由而且公开的，另一种是受限制的，唯有某种符合条件的人并且在某种商业地域才可以得到特许。应当使普通放债的利率减到百分之五，这种利率应当公布为自由通用的利率，并且国家应当对此不加治罪。这样可使借贷之举避免停止或枯竭，也可以便利国内无数的借贷人，并且将在总体上提高田地的价值，因为以十六年租金的价格买来的地一年之中可以产生百分之六或稍高的利息，而这种放债的利率则只能产生百分之五的利息。同样的，这种办法也将鼓励并刺激工业和有益地改良事业，因为许多人宁愿投资于这些事业而不愿收百分之五的利息，收惯了较高的利息的人更是如此。第二，应该让一部分人得到允许，可用较高的利率放债给知名的商人，同时还得有如下的预防措施：这种利率，即使在那些商人看来，也应该是比他从前惯付的利率较低一点。这种方法可以让所有的借款人都得到便利，无论是商人还是其他人。不允许银行或公司放债，每个人都应当是他自己的钱的主人。这并不是因为我完全憎恶银行，而是因为他们很难被人信任。国家发允许证就要放债人缴纳一小笔捐税，其余的利益则应当归于放债的人；因为如果这种捐税的数目太小的话，是不会让放债的人放弃的。举个例子来说，那原先收百分之十或百分之九的利息的人宁可降到百分之八也不肯放弃他的放债事业，撇下稳的利益跑去求冒险的利益。这些持有允许证的放债者其数目可以不必限定，不过他们营业的地点应当限于某几个商业城市。因为这样他们就不能涉及国内他人的钱财：持有特许证可以放百分之九的利率的放债人就不会把那流行的百分之五的利率的钱吸收了。因为没有人肯把钱放到远处，或放在不相识的人的手里。

如果有人反对，并说以前只是在某些地方允许放债，这个办法将其变得合法化了。我的回答是：公开认可并有节制地发放有息贷款远比默认它的存在并使之猖獗好得多。

四十二
论青年与老年

如果一个人不曾虚度光阴，即使年龄很小，也可以在谈起经历时显得很老到。但这样的情况是很少见的。一般来说，青春好比前思，它不会像后想那么高明。要知道，不仅有年龄上的，也有思想上的青年时代。年轻人同老年人相比，自身的创造力和想象力更为敏捷，似乎得到天助。

天性中有高度热情和强烈欲望及烦恼无穷的人未过中年是不适于做事的，如恺撒和塞普提缪斯·塞维鲁。[1]关于这后一位曾有句话道："他曾度过一个满是错误——不，满是疯狂的青春。"然而他差不多是罗马皇帝中最能干的一位。天性平和的人则能在青年时代做事做得很好，如奥古斯都大帝，佛罗伦斯大公科西莫，加斯东·德·富瓦等。[2]另一方面，老年时有热心与活力则是成就事业的优秀气质。

年轻人擅于发明创造而不擅于判断，他们更擅长执行任务而不是探讨问题，而且更适合计划新的方案而不是遵循一贯的准则。老年人的经验教训，在其经验范围所及的事情上，是能起指导作用的，但是在新的事物上，则会误导。

年轻人的错误败事有余，而老年人的错误充其量不过是成事不足。青年人办事包揽的比办到的多，激起的比平息的多；急于求成，而不顾虑手段和程度；荒唐地追逐偶然性的原则；在进行创新的时候马虎从事，带来新的麻烦；一开始就使用极端的补救办法，结果错上加错；那些一错再错的人，绝不会承认错误或者改正错误，就好像一匹训练不足的马，既不肯停下脚步，也不肯回头。

有年岁的人过于喜欢反对别人，谋划过久，冒险过少，后悔太快，办事不彻底，只要有一点成功，他们就很满足了。

不可否认，把这两种人合而用之是好的。这种办法对于目前有利，因为两种年龄的人的长处可以互相纠正他们的短处；对于将来也有利，因为在老年人做事的时候，年轻人可以学习；最后对外也是有利的，因为当局或掌权的人是尊重老年人的，而青年人得人心。

在道德方面也许青年人较有优势，如在人情世故方面老年人较为突出一样。有一句谚语是这样说的："你们少年人要见异象，老年人要见异梦。”一位犹太大师阿布拉内尔由这句话得出推论，即年轻人较之老年人离上帝距离更近，因为怪异的景象较之怪异的梦魇是一种更为明晰的启迪。世情如酒，越喝越醉人：而年岁大的人取胜的关键在于理解力而不是意志与感情方面的德行。

少年老成的人的长处是随着时间而消逝的。第一种是那些有敏锐才智的人，而这种敏锐很快就变为迟钝，如赫摩吉尼斯，他的著作是非常深奥的，但是后来他就成为一个愚拙的人了。第二种是那些具有某种气质的人，而这种气质较适于青年人而不适于老年人，如流利的言辞，所以西塞罗论演说家霍廷西乌斯道：“在他的故我已经不适合的时候，他还是依然故我。”第三种人一开始便竭尽全力，结果岁月并不能把他们高尚的心长期维持下去，例如西庇阿，李维曾评价他说：“他的晚年比不上他的青年时代。”[3]

译注

1. 古罗马统帅恺撒于公元前 58 年出任高卢总督，后逐渐取得巨大的成功，古罗马皇帝塞普提缪斯 · 塞维鲁四十七岁做了皇帝，在位期间功绩显赫。
2. 奥古斯都仅十八岁出任执政官；科西斯仅十七岁出任佛罗伦萨公爵，

功绩卓著；加斯东·德·富瓦是法王路易十二外甥，率军作战时仅二十三岁。

3. 古罗马统帅西庇阿年轻时功绩卓著，获“阿非利加的西庇阿”之称，而他的晚年是在和平中度过的。

四十三

论美

才华和品德好比宝石，最好用纯洁、素雅的东西来雕刻、镶嵌。毫无疑问，才华和品德如果是出自一个相貌平平但体态优雅、气宇庄重的人身上，那就是再好不过的了。通常绝色美人在其他方面不见得会有多大的才德，好像造物者在创造物品的时候不求多么完美，只要没有过失就好。因此，那些很美的人多是容颜可观而无大志的，他们所注重的也多半是行为而不是才德。但是也不能一概而论，因为奥古斯都大帝、韦斯巴芗、法王腓力四世、英王爱德华四世、雅典政治家亚西比德、波斯王伊斯梅尔都是精神远大、志向崇高的人，同时也是当代的美男子。论起美来，样貌之美胜于肤色之美，而优雅的动作之美又胜于样貌之美。美之极致，非图画所能表现，而且乍看之时也察觉不到。凡是非常之美，身体比例都有某种异常之处。我们说不出阿佩勒斯和丢勒[1]究竟哪一位是更厉害的戏谑者，一个根据几何学上的比例来画人，另一个从好几个不同的脸面中采取其最好的部分以合成一个至美的脸面。像这样画画的人，我想，除了画者本人以外，恐怕谁的欢心也得不到。我并不认为一个画家不应该画出一幅美丽的脸庞，而是认为他应该借助幸运去完成这件事情（好比一个音乐家构思优美的乐曲一样），而不应该依赖一种形式。将一个人的面孔单独拿出来观赏，是发觉不到的，但是如果纵观整体，整体感觉就很好了。

如果美主要体现在举止得体中的话，那么就不可否认一些上了岁数的人会更加和蔼。“美到秋天依然美。”如果认为年轻无法弥补美的不足，那么就没有年轻人称得上美了。美就像夏日的水果，易于腐烂，难以持久，美使青年人放荡，老年人愧悔。不过，不可否认的是，假如美落在值得拥有它的人的身上，就会使德行更加闪光，使恶行更加羞愧。

译注

1. 阿佩勒斯是古希腊著名的画家之一。丢勒，德国画家，他将意大利文艺复兴精神与哥特式艺术技巧相结合。

四十四

论残疾

残疾人通常跟造化的力量扯平了。要知道既然造化给他们带来了伤害，那么他们同样也对造化不义。总体来说，就如同《圣经》所说的那样，“无亲情”。他们正是通过这样的方式对造化实施报复行为。肉身和精神两者间是有相契合的地方的，造物者如果在一方面犯了错误，那么在另一方面也会采取冒险精神。但是由于人对精神有选择，对肉体有需要，所以天性的星宿有时是会被修养和才德的太阳掩盖。因此最好不要把残疾认为是一种标记或证据（这种情形是容易欺人的），而应当把它当作一种原因，既然有原因就会有结果。

身体上有缺点的人会招人轻蔑，总想要把自己从轻蔑之中解救出来，因此所有的残疾人都是非常勇敢的。起初，他们的勇敢是为了受人轻蔑的时候保护自己，很长时间以后这种勇气就变成一种普遍的习惯了。残疾激发人的勤勉，尤其会勤于观察别人的弱点，以便能有报复别人的机会。有残疾的人可以消灭上级对于他们的嫉妒心，因为上级以为这种人是可以随便轻蔑的；有残疾的人可以使竞争的同辈对他们没有戒心，因为他们都不相信这种人有提升的可能性，直到残疾人真的已经得到了提拔的那一天。如果将这一切都算在内的话，在智慧超凡的人身上，自身的残疾是其崭露头角、锋芒毕露的有利条件。

在古时候，君王非常相信宦官一类人，因为那些妒忌一切的人在臣服一个人的时候会更加恪守职责、百般奉承。而那些君王虽然十分信任宦官，但是实际上只是将他们当作很好的探秘者、侦查员，而不是好的官吏。对于一般的残疾人来说，上述的理论也是成立的。无论何时，我们前面说过的那条定律是对的，就是，如果他们是有魄力的人，他们一定要努力把自己从轻蔑之中解救出来。而摆脱轻蔑的办法，则不是通过美德，就是通过怨恨。因此残疾人有时竟是非凡的人才，也就不足为怪，如阿戈西劳斯、苏里曼的儿子赞吉尔、伊索、秘鲁的总督加斯加都是残疾人，相貌奇丑的苏格拉底也可以归入其中。

四十五

论建筑

建造房子是为了居住、生活，而不是为了观赏，当然，二者兼得是最理想的情况。如果仅仅追求美观，那么就把高超的建筑术留给诗人当作魔宫好了，因为他们“建造”魔宫是不花费什么钱的。

在恶劣的地点盖一座好房子的人就是把自己囚在牢狱里。这里不仅是指空气不好的地方，气候不适宜的地方也算在内。你一定见过许多漂亮的建筑物坐落在一座小山丘上，四周高山环绕，太阳的热量幽闭于内，而风好像聚在谷中，因此冷热交替，好像是住在好几个地方似的。再者，地点恶劣也不限于空气，道路、市场都是原因，如果你愿意参考莫摩斯[1]的意见，邻居也是原因之一。还有许多事我不想多说，如缺水、缺林木和荫蔽、缺果实、缺风景、缺平地，附近缺少可供打猎、放鹰、跑马之地，离海过近或过远，缺少可航的河流之利，有河水泛滥之忧，离大城市过远（那是会妨碍事务的）或离大城市过近（大城市的物品昂贵），何处人可聚财，哪里人会受困。所有的这些不便也许不会在同一处出现，所以我们应当提前了解，充分考量，以便尽可能多地取其所长。要是一个人有几处住所的话，他也可以把它们都布置好了，以便某一处缺乏的东西可以在另一处找到。庞培有一次看见卢卡拉斯[2]的一所宅子中壮观的楼阁，屋子大而且亮，就说："这真是一个消夏的好地方，但是到了冬天怎么办？"卢卡拉斯答道："哟，难道你以为我还不如有些鸟聪明吗？冬天的时候总是要迁居的。"

现在我们从房子的方位过度到谈及房子的本身，我们将学习西塞罗论演说术的办法。西塞罗写过几卷《论演说艺术》，却又写了一本题名为《演说家》的书。在《论演说艺术》中他讲述了演说术的原理，后一本书中则讲述了演说术的最高成就。因此我们将描述一处君主或王公的宫邸，把它作为一个简略的范本。因为在目前的欧洲，有像梵蒂冈和埃斯库里亚尔宫一类的宏伟建筑物，其中却几乎没有一间像样的房间，这种情形是令人诧异的。

第一，我认为如果想要拥有一座完美的宫殿，那么这座宫殿必须要有区别于其他建筑的闪光点。其中应有两个侧楼，一个是供宴会使用的，如《圣经·旧约·以斯帖书》中所说的一样；还有一个是居住用的。我所说的侧楼不是在主楼后面的那种，而是在正面与主楼相连的，内部空间倒可以是隔开的。在宴客厅的楼上，我认为只需要一间漂亮的大厅，约十二米高，下面应当有一间同样大的屋子为储藏演剧游艺的各种用品及演员化妆所用。另一个侧楼是住人的，我认为应当分出一个大厅和一个经堂（二者隔开），都应该美观而且宽敞。但这两个屋子不能把所有地方都占了，在更远处还应该有一间夏天用的和一间冬天用的客厅，这两个客厅都要相当美观才好。在这些屋子下面，要有一个还不错的地窖，还要有几个小厨房、伙食房、食器室之类的。至于正中间的那座楼，我认为应当有两层是高出两翼之上的，每层高五米多，楼顶上应该用好的铅皮作房顶，周围有栏杆，并且在上面分设雕像。这座楼也应该依需要而分若干屋子。通往上层的楼梯应该建在一个好看而显露的中柱之上，并且用木制并染成原色的雕像围绕起来，楼梯的顶部也应当有一块很好看的平台。但是使用这种安设楼梯的办法，仆役的餐室就不能设在下层，否则吃过饭之后还得吃仆役吃的饭：因为他们吃饭时那股气味会借着楼梯升到楼上，就好像从一个烟囱里往上冒烟一样。关于主楼的话就止于此，不过我认为头一层楼梯的高度应该是五米左右，即楼下屋子的高度。

主楼的后面应该有一个漂亮的庭院，不过在庭院的三面的建筑要比正楼低许多。而且这个院子的四角要有好看的楼梯，楼梯安在角楼里面，这些角楼要建在屋子的行列之外，不可与各屋一致，而且不能和前部的房屋一般高，而应当和其他三边那些较低的屋子比例相称。院子不宜用砖石砌筑，因为会夏热冬寒，唯有四边用于人行走的小径和院中的十字路可以用砖砌，其余的部分应当铺草皮，草长起来之后应当常修剪，但是不可剪得太短。在宴客厅一侧那一溜横翼建筑应当是堂皇的长廊，长廊里应该有三五个精美的穹顶，间隔相等，还要有各种图形的彩色玻璃窗。在居住楼的那一边，应当有会客室和普通宴饮的厅堂以及若干卧室。再者，这三种房舍都应该是两边房舍夹一条走廊的双向房，单面采光，这样就有上午和下午都可以避光的屋子了。应当设法布置宜于消夏也宜于过冬的屋子，夏天有荫，冬天温暖的那种。有时候你可以见到有些好看的房子满是玻璃窗，多得使人说不出往哪里去才可以避日晒或寒冷。至于凸窗，我以为是很有用的（在城市里，为了使房屋临街的一面保持一致，直窗确实较好一点）；作为商谈用的话，凸窗是很幽静的地方，还能避开日晒风吹，因为那差不多能贯穿全室的日光或风力几乎沾不着这种窗户。但这种窗户不用多装，我们所说的那个院子里最好有四个这样的窗户，分设在外侧。

过了那个院子，还应该有个内院，与上面提到的那个院子的面积相同，高度一样。这个内院的四周全是花园，要有建造在匀称而美观的拱门上的走廊，高度与第一层楼相等。在下层，临近花园的那一面，那些屋子应该改成洞室、阴凉之处或消夏的房屋。这些屋子的门窗都要只开向花园，并且要在平地之上，绝不可在平地之下，以避潮气、湿气。在这个内院的中间还应该有一个喷泉或一些优美的雕像，地面的铺砌方法应该与上述的那个院子一样。院中两厢的房屋应该作为私人寝室，旁边的则作为专门的馆所。还要在这些屋子之中预备出来一组养病的病室，附有接待室、卧室、小客厅、后屋，以备君主或某贵客有疾病的时候养病所用，这些屋子都应该在二层。至于一层，应该有一个美观的、视野开朗的、以柱子支撑的阳台。三楼同样是敞开的柱廊，以观赏花园的景色和呼吸新鲜空气。在远端的两角，应该有两个厢房式的优美或富丽的楼阁，地上铺得很精致，墙上挂得很华丽，窗上安的是晶莹的玻璃，中间是一个富丽的穹顶，此外还有一切可以想象的优美的东西。在那高一层的悬楼上，如果条件允许的话，我认为也应当有几口人造喷头从墙上各处流水，并且有巧妙的泄水设备。

有关宫殿的模型就说这些，还有一点要强调，在来到主楼以前，先要有三个庭院：一个是素朴的、四面有围墙的、长着绿草的院子；第二个和第一个差不多，不过稍加装饰，在墙上有些角楼（或者不如说是点缀）罢了；第三个庭院和宫邸的正面合成一个正方，但是周围不要房舍或垣墙，三面都要用露台围绕，顶上用铅皮，装饰要美好，并且要有用柱子而不用拱门支撑的走廊。

至于办公的屋舍，它们应在远处，并以低矮的走廊连接，可使人从办公地点来到宫殿。

译注

1. 莫摩斯，古希腊神话中的嘲弄与非难指责之神。他认为雅典娜应该把房屋装上轮子，遇到恶劣的邻居便很容易搬迁。
2. 卢卡拉斯，古罗马大将，曾任财务官、行政长官。

四十六
论园艺

万能的上帝是第一个经营花园的人。从事园艺的确是人生的一大乐趣。园林艺术可谓人类最大的精神补养品，如果没有它，那么房屋、宫殿不过是堆粗糙的人工制造品，与自然脱离了关系。我们常常会看到，当某种时代趋于文明高雅的时候，起初人们大都想要得到富丽堂皇的建筑物，之后就沉迷于优美典雅的园林庭院，好比园艺才具有完美感。

我认为在皇家花园的经营过程中，一年四季都应有艳丽的花圃，每月各有当令的美景。为了十二月、一月和十一月的下半月的景色，必须种植一种常绿的植物：如冬青、常春藤、月桂、杜松、柏树、水松、波罗蜜树、枞树、迷迭香、薰衣草、常春花（白的、紫的和蓝的）以及温室中栽植的石蚕花、菖蒲、香橙、柠檬、桃金娘（如果能设法保温不使其受寒的话），还有香墨角兰（不过要种在墙下向日之处才行）。在一月的下半月和二月，开花的瑞香树、番红花（黄、灰两色的都可以选用）、樱草、白头翁、早开的郁金香、荷兰风信子、小鸢尾、贝母。到了三月则有香堇菜（尤其是单瓣蓝色的那一种，它们是开得最早的）、黄水仙、雏菊、杏花、桃花、山茱萸花、野蔷薇。在四月接着来的有双瓣的白香堇、罗兰花、黄花九轮草、蝴蝶花、百合花、迷迭香、郁金香、重瓣的牡丹、淡色水仙、法国忍冬、樱花、李花、抽叶的山[illegible]、丁香。五月和六月里开的则是各种石竹（尤其是红石竹）、各种蔷薇（唯有那开得较晚的麝香蔷薇不在其内）、忍冬、草莓、耧斗菜、法国万寿菊、非洲万寿菊、结果实的樱桃树、结果实的无花果树、树莓、葡萄花、薰衣草、白花香赛蒂莲、麝香兰、铃兰、苹果花。七月则有各种紫罗兰、麝香蔷薇、开花的菩提树、早熟的梨与结实的李。八月开的有各种结实的李树、梨、杏、小檗果、榛子、甜瓜，五颜六色。九月里开的有葡萄、苹果、各种颜色的罂粟花、桃、山茱萸、冬梨、榅桲。在十月和十一月月初则有花楸、枸杞、洋李、插枝或移植以求其晚开的蔷薇、蜀葵以及和这些一类的东西。这些花木之类都是就伦敦的气候而言的，但是我的意思是显而易见的，你可以因地制宜而享有“永久的春天”。

因为花卉的香味在空气中弥散时，要比在手中香得多，所以为了探寻那香气带来的快乐，必须要懂得哪几种花卉的香气能弥散出沁鼻的芬芳。蔷薇，淡红的和大红的，都是严守香气的花，所以你尽可以走过一大排的蔷薇旁边而闻不到一点香气，这些花甚至在清晨的露水之下也是如此。月桂在长大的期间也没有一点香气。迷迭香香气不浓，香墨角兰香气也少。在空气中所弥散的香气最浓，超过其他一切花草的，要数香堇，尤其是白色重瓣的。这种花一年中开花两次，一次在四月中旬，另一次在八月下旬。其次就是麝香蔷薇，再就是将落的草莓叶，它能散发一种最怡人的香气。然后就是葡萄花，这种花是小粉花，好像车前草的粉花一样，花开的时候成穗状。然后就是野蔷薇。然后就是黄紫罗兰花，这种花如果种在一座客厅或低层的小室的窗下会令人心旷神怡。然后就是各种石竹和紫罗兰，尤其是丛生石竹和康乃馨。然后是菩提树的花。然后是忍冬花，要远一点才显得香气宜人。关于豆花我不想说什么，因为它们是田间的花。那最善于在空气中散布芬芳的同时并非任人徘徊其侧而是受人践踏压碎的花共有三种：地榆、野百里香和水薄荷，因此你应该种植这些花，把它们种满整条园径，以便你在散步或践踏草地的时候能享受它们的香气。

至于花园，其内部面积应当不少于一百八十亩，而且最好应该分成三部分：一进园门的地方是一片草地，靠近出口的地方是草莽或荒地，中间是花园的主要部分，两旁留有人走的小道。我认为园地中二十四亩应作为草地之用，三十六亩作为荒地之用，两边各占二十四亩，七十二亩作为正园之用。草地有两种乐趣：第一，再没有比剪得整整齐齐的绿草更为悦目的；第二，这绿草地将在中间留一条人行道，由此你可走到一片堂皇的篱垣前，这篱垣是用以围绕正中的花园的。但是这条道不免稍长，并且在一年或一天之中天气最热的时候，就可在阴凉下走进主园，所以要在花园的两边各布置一条有荫蔽的通路，由木工装置三米多高的架子，由这些通路你可以到达园中的阴凉处。至于用各种颜色的泥土安设花坛，使之成图案，企图把它们摆在临近花园的那一部分居室的窗下的事情，不过是小玩意儿，在糖果点心之中也可以看见同样的美景。花园最好是方形的，四面用堂皇的拱形的篱垣围绕。这些拱门应当架设在木工制作的柱子之上，它们应该约有三米高，两米宽，并且拱门之间的距离应该与每个拱门的宽度相等。在这些拱门之上还应当有一圈篱笆，高约一米，也造到木架上；在每个拱门的篱垣上面，每个拱门的上头都要有一个小角楼，里面空腹，能容一个鸟笼。每个拱门之间的篱垣上面，应该有些别样的雕像刻工之类，镶嵌上五彩的玻璃圆片，以便反射阳光。但是我要把这篱垣建在一个坡上，不是陡坡，而是平缓的斜坡，高约两米，遍栽花草。这个方形的花园其宽度不应当占据整个园地的宽度，而应当在两边留出空地来，做成许多小径，这些小径和草坪的两条通路相通。但是在这块大方地的两边绝不可有带篱墙的小径。在前面的一端不可有，因为如果有了就会阻碍你的视线，从前面草地上望过来的时候看不清那美丽的篱垣；后面一端也不可有，因为如果有了又将阻碍你的视线，从篱垣的拱门望出去的时候看不清后面的草莽之地。

至于大篱墙以内的园地的布置，我觉得应该将其设计得别具匠心，不过无论你想将它布置成什么样子，第一件要考虑的事就是不要过于追求繁杂和人为的因素。比如我自己就不喜欢在杜松或别的圆木上刻画图案，这一类东西是为儿童准备的。小而低的篱墙，圆如滚边，附带着好看的尖塔，这些是我很喜欢的。还有，在有些地方，美观而有木工雕刻的边缘的柱子也不错，而且以我之见园中的那些通路也应当宽广美观。两边的小路倒可以紧凑些，但主园中的绝不能这样。在这块花园的正中心，我认为应当有一座美丽的小山，由三级梯磴上达，每一级的顶上留出一块平地来，其阔足以容四人并肩而行。而这些平路应当环绕小山，旁边不应当有任何屏障或凸出的建筑物。整个小山应当有九米高，上面应当有一座宴客厅，内有布置得很整洁的壁炉，窗户上的玻璃不可太多。

至于喷水池，是很美丽而且非常让人感到凉爽的。但是水塘太煞风景，会使园林变得不卫生，充斥大量的蚊蝇和青蛙。我认为，泉水应该有两种形式，一种是喷水的，另一种盛水的，九至十二米见方，但其中不应有鱼、黏土和淤泥。第一种喷泉，用镀金或大理石的雕像一类作装饰品是很好的。不过主要问题在于如何使泉水流通，不要停滞在下面的圆池或水槽里，以免水的颜色变红或绿，或者聚集苔藓及腐臭之物，此外还应当每天进行人工清洁。泉下设石阶，四周地面铺砌有致也是很可取的。至于那另一种水泉，我们可以叫作“浴池”，它的美丽可以反映许多的奇思妙想，这些都可以不必细说。举例言之，把泉的池底精心铺砌，并且砌成图形，两旁也照样铺砌，并饰以有颜色的玻璃和类似的有光彩的东西，周围再环以雕像做的围栏，等等。主要的问题同上述的关于第一种泉水的问题一样，即如何使泉水永远流动，其水源应当高于水池，用美观的喷头把水注入水池，然后用距离相等的水孔或水管使水由地下排走，不致停滞泉中。至于那些细巧的设计，使水流如虹而不溢，或使水上升而以各种形式喷射（如鸟羽、酒杯、天盖等的形状），都很美观，但是对于养生和娱乐是没有什么帮助的。

至于我们园地第三部分的草莽之地，我认为应该竭尽所能地将其装扮成荒野。草莽之地上不可以有任何树，除了几丛野蔷薇和忍冬，其间再杂以野葡萄之类的植物，地上则多植香堇、杨梅和樱草。因为这些草都有香气，而且在荫蔽的地方长得很茂盛。这些草的种植，应该散布在草莽之区的各处，并不要按照一定的分配或次序。我也很喜欢鼹鼠丘一类的小土堆（就像真正的草野中有的一样）。这些小土堆，有些上面应该栽植野百里香、有些应该栽石竹、有些栽石蚕花、有些栽常春花、有些栽香堇、有些栽草莓、有些栽野樱草、有些栽雏菊、有些栽红玫瑰、有些栽铃兰、有些栽熊掌花以及这一类不甚名贵，然而有香气而又好看的花草。这些小土堆中的一部分应该在顶上有小丛的独立木，另一部分则不必有。这些独立木的种类应当是玫瑰、杜松、冬青、伏牛花（但是这花只可偶尔有之，因为它的气味过浓）、红醋栗、桃金娘、迷迭香、月桂、野蔷薇等。但是它们都应当常修剪，以免长得凌乱难看。

至于那园中两边的空隙处，应该在其中设置各种巷道，要确保幽静，并且有一部分要完全遮蔽阳光。有一部分还要避风，以便狂风来临之际，在里面走路也可以如在有遮蔽的廊中走路一般。前一种遮阳的巷路也应当在两端用篱墙围上，以避烈风，后一种挡风的狭巷必须铺以细石，而且不要长草，以免弄湿了人的鞋袜。在这些小径中，也应当栽植各种果树，使它们或攀缘墙壁，或自成行列。不过应当普遍注意的一点，就是在里面种植果树的树床、应该是美好、宽阔而低的，不可过高；里面也可种些花，但是不可过多，否则它们会妨害那些树木的生长。在两旁侧地的尽头处，我认为应当各有一座不甚高的小山，其高度须使人立于其上时园墙不能高过人的胸部。登上了这些小山，可以望到四周的田野。

至于正中的花园，有人主张其两边应当有美观的道路，植以果树；园中还应当有些果树林，设有座位的亭子，这一切都须安排得宜，对于这种说法我并不反对，不过这些东西决不可过密，正中的花园不可有闭塞的情形，而应当使其中的空气流通无阻。因为就获得阴凉而言，我希望能依赖于两侧空地的小径，如果高兴的话，可以在一年或者一天中最热的时候去那儿散步。可是主园只能在温和的季节里流连，在炎热的夏天，主花园是供清晨和傍晚或者阴天赏玩的。

至于大型鸟舍，我并不喜欢，除非它们的大小可以容地下铺草皮并且栽种活的植物或矮树丛。如此，那所养的鸟儿们就可以有活动之地，并且可以有自然的营巢之地，而且大型鸟舍的地面也不会有鸟粪堆积。

正如以上所说，一座王家花园已经初具规模了。我所施行的方法，一方面是讨论，另一方面是谋划，所规划的东西不是一个具体的模型，而是它的外在轮廓而已。在这方面我也没有想到节省费用的问题，但是花费对王公贵族来说是不成问题的。他们多半采取匠人的意见，把许多事物布置在一起，而其所花费并不见得比我的计划节省。有时他们还增加雕像之类的东西，为的是显得富丽堂皇，然而这对真正的园林之乐是没有什么帮助的。

四十七
论谈判

一般来说，在同人打交道的时候，谈论比写信好，而第三方出面斡旋要比本人亲自处理好。当一个人想得到书面答复，或者拿到书面的证据为自己做辩护，或者是在交谈过程中被他人打断以致信息没有传达完全的时候，采用书信来交涉是最好不过的了。在一个人的颜面可以使对方生敬（如上位者之于下属）的时候，或者在很微妙的局面中，当一个人凝视听话的人的表情就可以知道应该说什么的时候；还有，一般情况下，在一个人要保留否认或解释的余地的时候，亲自协商是最好的。

在选择替你交涉的人的时候，较好的办法是选择那些老实的人，即那些肯照你的委托去做事，并且肯回来向你忠实地报告结果的人，而不要用那些巧于利用他人的事务以获利并粉饰其报告以图委托人欢心的人。应当任用那些乐意去做所委托之事的人，因为这种乐意的心理使他们勤奋。又须量才任事，如勇敢的人可派去争辩，巧言的人可派去劝诱，机警的人可派去探询、观察，冒失荒唐的人可派去办那些不免稍亏于理的事务。应当任用以前派去办事并获得成功的人，因为这可以使他们产生自信，并且他们也会努力维持自己的业绩。

在与人打交道的时候，如果想要摸清对方的意图，那么就要迂回地询问，这比直奔主题更加有效，除非你是打算用某个极其唐突的问题来给这个人措手不及。同胃口正旺的人打交道比如愿以偿的人好。如果一个人和别人协商做事，那么谁先出动是问题的关键。一个人是没有什么理由要求别人先尽义务的，除非事件本身的性质需要；或者这人可以劝导对方，使对方相信将来在别的事件上我方还有倚仗对方之处；或者要对方认为我方是很诚实可靠的。

一切问题无非是观察人或利用人的问题。一个人发现自己得到他人信任，充满激情，并感到意外的时候以及有所需求，就是当他要做成某事而找不到相应的借口的时候。假如你要利用别人，你就必须知道他的性情和习惯，以便引导他；或者知道他的目的，以便劝诱他；或者了解他的弱点与短处，以便恐吓他；或者掌握对他有影响的人，以便控制他。在和狡黠的人交涉的时候，我们必须明白他们的目的，以便挑明他们的说法；并且最好少说话，要说就说让他们意料不到的话。在一切棘手的商谈中，不可以奢望播种了就立刻有收获，而是要做出安排、谋划，从而逐渐地完善，使之成熟。

四十八
论随从和朋友

人们一直都不喜欢需要付出高昂代价的侍从，害怕他们的裙摆变长的时候，羽翼反而短小了。这里的高昂代价并不仅指那些价钱高的人，也指那些招惹人厌恶、要求多的人。一般的随从提的条件不高，不外乎是寻求支持、推荐和庇护，免受他人欺负而已。那些好拉帮结派的随从最不可取，他们之所以追随于后，并不是出于对自己所追随的人的感情，而是出于对某个人所怀的不满，所以我们常见的大人物之间的那些误会多半是由此而来的。同样，好吹牛的随从，到处张扬主人名声的随从，对主人也有很多的不利。他们泄露机密，破坏事业，并且损害主人的美名，使主人遭人嫉妒。还有一种随从，十分危险，这般人实际上是侦探，他们常常探询主人家中的事务并且把这些事务报告给别人。然而这种人往往很受宠信，因为他们十分殷勤，而且经常互通声气。

一位大人物如果有与他所从事的事业、身份相符的随从，是很合时宜的，即使在君主国中，也是不受猜忌的，只要不过于声势浩大或过于得一般人民的爱戴就是了。不过众望所归、众心相随的必然是一种懂得使各色人等扬德显才的人。然而，遇到在才德上不出众的人的时候，任用平凡之人比任用有才之人更好。可是，说实话，在世风日下的时代，善于活动的人比聪明能干之人更有用。

在政务上用人应一视同仁，因为若有破格用人之举，则被用的人不免嚣张，其余的人也要怨愤，毕竟他们有权要求人人平等。反之，在宠信方面，有所区别、有所选择是可行的，这样可以使被用之人感恩更深，其余的人更为殷勤，因为升迁之望全在于得宠。

一开始不要过于重视任何人，不失为一种较为稳妥的方法。因为如果一开始就对某人十分看重，那么以后他将很难抉择。如果只受到一个人的支配是不好的，会显得你这个人十分软弱，并且容易叫人说长道短。那些在主人面前不能谏诤的人在主人背后将肆无忌惮地批评那些得宠的人，这样一来主人的荣誉就要受损了。然而受多人的支配是更糟糕的，因为这种情形使人毫无定见，屡屡变卦，脑海里只留下最后的进言者的意见。

采纳少数朋友的忠告永远是值得称赞的，因为旁观者常比当局者看得清楚，峡谷显露高山。古人高度赞扬的那种友谊，世上很少见，在地位平等的人之间更是绝无仅有。世间的友谊，多是在上下级之间，因为他们的命运是休戚相关的。

四十九

论请托者

许多坏事被人们接受了，私人的请托会使公众的利益遭到破坏。许多好事由那些狡猾奸诈的人负责，但办事人心怀鬼胎，不仅心术不正，而且心机狡猾，原本就没想把事情办成。

有些人答应了替人办某件请托的事，心里却并没有切实去替人办事的意思。一旦他们看见这种事情通过别人的力量而有希望成功的时候，他们就极想得到请托者的感谢之心，要使请托者相信他们真替他办过事，或者应该得到部分报酬，或者至少在这件事情还没成功的时候利用请托者的希望。有些人接受人家的请托，借此阻挠另一个人；或者借此为由扬某人之恶，等这些事情完成之后，原来的所请托之事的成败是他们毫不关心的；或者，一般而言，这些人之所以答应替别人办某项请托之事，不过是利用别人的事为自己的事搭建一座过渡的桥梁而已。甚至还有些人答应替人办事，而满心希望这事不成，为了取悦于那人的仇敌或竞争者。

无疑，每种请托之中总不免有是、有非，如果是为争讼的请托，其中必有曲直之别；如果是图升迁的请托，其中必有有才与不才的区别。如果一个人因为感情的原因而在辩护中偏向了不正直的一方，那么他最好采取方法让双方和解，而不是走极端，将事情做绝；如果一个人因为私人的原因而在官路上提拔了能力较弱的一方，那么他最好不要因为这个人的升迁而捏造谎言，出言不逊而损伤实力更强的一方。

当一个人对于请托的事情不是非常有把握的时候，最好请教一下值得信赖和有决断力的朋友，因为这个朋友可以告诉他是否可以做请托的事情。但是一定要慎重选择作为被咨询的朋友，不然就会上当受骗。请托者对拖延和欺骗非常厌恶，因而，坦诚待人也就变得不仅体面，而且也有礼。具体来说就是，开始的时候拒绝办理该请托，或者讲明成功的希望如何，在办理后报告结果的时候又不加夸张，而且所要求得到的感谢又不超过自己所应得。在希望获得恩遇的请托中，谁先来请求应该是无关大局的：请托人的信任却不得不考虑。假若这人告诉了我们一个消息，这个消息除了他，我们无法由别的途径得到，那么我们就不可白白利用人家的消息，而应当给他一些报酬，并且不可坑害人家，让他设法走别的门路去图谋他所求之事。不知他人所求的事物的价值的人是不理智的，不知所求之事的公正的人是没有良心的。

在请托之中，做事保密是成功的方法，因为自行声张说某项请托进行得如何顺利虽可以挫某个请托者的锐气，但是也会刺激并引起另一个请托者的斗志。使所请托之事适得其时，才是主要的。所谓得时者，所取的时间不但要考虑请托的人，而且要能使你自己不受他人的阻挠、破坏。在选择替自己办请托之事的人的时候，最好选用最适于做那种事的人，而不要倚仗力量最强大的人，选用专办某种事的人而不要用那些包揽一切的人。如果一个人初次的请托被拒绝了，而他既不沮丧也不愤懑，那么他下次再有所请的时候，其所得的补偿将与初次答应的一样。一个人在一个备受恩宠的地方，那么“多要方能给足”是一条有用的规则；否则，最好还是先提出小的要求，然后逐渐提高要求。因为如果有人初次有求于我们，我们也许会拒绝他，但如果那个人原本对我们有好感，那么为了既不失去他这个人，又不失去他以前对我们的好感，最终我们就不会拒绝他。一般来说，我们向一个有名的人求一封推荐信，是比较容易的。但是如果没有正当的理由，那么对于写信人的名声会有所影响。现如今，没有什么能比现在这些替人奔走卖命、请托的人的行为更加恶劣的了，因为他们妨害了公务的正常运行。

五十

论学业

读书学习，目的是获得愉悦、增添光彩、获得才能。获得愉悦，通常见之于独处或隐居的时候；增添光彩，最常见于发表言论的时候；而获得才能多数是在对一件事进行评判和解决的时候。富有经验的人善于实行，也许能够对具体的事情一一处理；但是最好的有关大体的议论和对事务的计划与布置，则有赖于博学之士。

在学问上费时过多是偷懒，把学问过于用作装饰是虚假，完全依学问上的规则而行事是书生的怪癖。学问完善天性，其本身又受经验的完善。人的天赋犹如野生的花草，它们需要学问的修剪，而学问本身，若不受经验的限制，其所指示的未免过于笼统。狡猾的人藐视学问，纯朴的人羡慕学问，聪明的人运用学问。学问本身并不教人如何用它们，这种运用之道乃是学问以外的一种智慧，是需要观察体会才能得到的。读书的最终目的不是为了提出反驳的言论，也不是为了迷信书中的理论，将其当作真理，当然也不是为了寻找日后谈论的资本，而是为了可以自己在心中进行斟酌和权衡。

有些书可供浅尝，有些书可以吞食，只有不多的几本书应当咀嚼、消化。这就是说，有些书只要读一部分就够了，有些书可以全读，但是不必过于细心，还有的书则应当全读、勤读、用心读。有些书也可以请别人代读，并且由别人替自己做出摘要来。但是这种办法只适于那些内容不重要、档次并不高的书，否则书经过摘要，也就像经过蒸馏而净化了的水一样，成了索然无味的东西。阅读可以让人变得充实，探讨可以使人变得聪慧，而写作和记笔记可以使人变得精确。如果一个人他写字很少的话，那么他就一定要具备良好的记忆力；如果他不经常与人交谈的话，那么他就需要敏捷的思维和智慧；如果他读书少的话，那么他一定要有随机应变的能力，才可以应对一切。

史鉴使人明智，诗歌使人灵慧，数学使人缜密，博物使人深沉，伦理学使人庄重，逻辑与修辞使人善辩。“学养终成性格。”不仅如此，精神上的缺陷没有一种是不能由相当的学问来补救的，就如同肉体上各种疾病都有适当的运动来治疗似的，射箭有益于胸肺，散步有益于肠胃，骑马有益于头脑，诸如此类。如果一个人不能专心致志，那么他最好研究数学，因为在数学的论证过程中，精神稍有偏差，就得从头开始；如果一个人的精神不善于辨别异同，那么他最好研究经院学派的著作，因为这派的学者是条分缕析的人；如果一个人不善于博闻强记、触类旁通，那就让他研究律师的诉讼案。如此看来，精神上的各种缺陷都可以有一种专门的补救之方了。

五十
论学业

五十一
论党派

很多人都有一种不明智的想法，认为君主统治国家，或是大人物在做出决策的时候，都要尊重、考虑到各个党派间的利益关系。但是刚好相反，最高明的做法是，要么擅长处理一般事务，使人们之间虽然有党派的划分，但是意见仍能统一；要么就是对于特殊的任务，遵照特殊的情况，井然有序地安排、处理，我并不是说党派问题是可以忽视的。出身低贱的人，在升迁的过程中，是非有所依附不可的；但是显贵而本身有力量的人，最好保持一种无偏、无党、中立的态度。即使初入仕途的人必须有所依附，也要有理有节，要使自己成为本党派中最能让其他党派满意的人，这样升迁之路就会很顺利了。

低微力小的党派是最团结的，我们常见有些坚强不屈的少数人和较为和缓的多数人相持而最终那些多数人被折服。

党派之中的一党或一派倒了的时候，那剩下的另一党或一派就要自行分裂。例如，卢卡拉斯和罗马参议会中的贵族结成一党（就是他们叫作“贵族党”的）曾与庞培和恺撒相持一时，但是贵族的权威被打倒之后，恺撒和庞培就分裂了。安东尼和屋大维对付布鲁图与卡西乌时，也曾一度团结起来，与敌人相持，但是布鲁图与卡西乌被颠覆之后，安东尼和屋大维就分裂了。这些例子是与战争有关的，但是在平民的党争之中也是一样的。因此，有许多次要的党员在本党分裂的时候成为关键人物，但是也往往变得无足轻重而被弃，因为许多人的力量是在斗争上的，一旦不再对抗，这些人也就没有用处了。

我们通常见到的情况是，本来属于一个党派的人，却又和敌对的派别私下往来，在他们看来，他们已经将第一个党派紧握在手了，所以现在是时候收买另一个新党了。在派系斗争中，叛徒能轻易讨到便宜，因为在长时间相持不下的阶段，赢得对方的某一个人就会使自己成为强大的一方，而那个被赢得的人也就获得所有的感激。在两党之间，保守中立不一定永远是出于态度温和的缘故，有时也是出于私利，为了利用双方以达到自己的目的。在意大利，教皇们常说“众人之父”，人们对此总是有怀疑，大家认为由此可以看出一点，他们有意在一切事上都以自己的家族尊荣为前提。

为帝王者必须小心，不可偏向一方，避免变成某党、某派的党徒。国内的党派对王权总是不利的，因为这些党派常向党员提出一种义务，这种义务和人民对君主的义务差不多，并使君主成为“我辈之一”，这在法兰西的“神圣同盟”中就可以看到。党派之争过于激烈，就说明君主太软弱，这种情形对于他们的权威和事业是不利的。在人君之下的党派的运动就应当如天文家所说的小行星的运动一样，虽然可以自转，但是仍然安静地受初始动力这种更高运动规律的支配。

五十二

论礼貌和尊重

笃实的人需要具备很好的品行；就好比宝石，如果宝石不需要用衬箔来映衬的话，其自身必须具有极大的价值。如果一个人肯留意观察，就会发现，博得赞赏和生财牟利是一样的。常言说得好："小利可以生大财"，小利会很频繁地得到，大利则偶尔才能得到一次。同样的，小的举动常得到大的赞许，因为这些小举动是常有而且常为人所注意的；而大才德展现的机会则如同节日一般，是很少的。因此，一个人若有好的仪容举止，对他的名声是大有裨益的，正如女王伊莎贝拉[1]所说，就像一封永久的荐书一样。

要想得到好的仪容举止，只要不藐视它们就行了。因为一个人只要不藐视仪容举止，自然会从别人身上留心观察这些，然后相信自己就行了。假如为了表现而过于做作，反而就失去了优美，要自然，不虚伪。有些人的举动好像一首诗，其中的每个音节都是仔细推敲过的，这样一个过于分心在小节上的人如何能成大事呢？全然不讲求礼仪就等于教别人也不要讲求礼仪；结果是使人减少了对自己的尊敬之心。在与生人交往或办理正事的时候，更不可不讲礼节。但是专讲礼节，并且把礼节强调、推崇得过高，也就令人生厌了，也令人减少了对这个人的信赖。还有一点不可否认，就是在表示祝贺的时候，是可以表达得既有效又给人以深刻的印象的，如果一个人能够找到合适的表达方式，就格外有用了。

对于同龄人，一般大家都会随意待之，因此稍微严肃些是有益处的。上级对下级来说，必然会受到他们的尊重，所以稍微亲密些是有益处的。如果在任何事情上都醉心于老一套，换了场合就会使得别人厌烦，就是自轻自贱了。用自己的力量去替人办事是好的，只要显出我们这样做的动机是出自对某人的尊重，而并非因为私利。通常在赞同别人的时候，要附加一点自己的看法：例如你赞成他的主张，可是又稍有分别；你愿意附议他的动议，可是要带点条件；你赞成他的议论，可是你自己还要加上点别的理由。

需要注意，不可过于恭维，因为如果这样，则无论他在别的方面多么能干，嫉妒他的人一定会加以善谀的恶名，损害他的品德。在办理事务时过于多礼或者过于注重小节也是会失败的。所罗门有言："看风的必不撒种，望云的必不收割。"聪慧的人通常会自己创造新的机遇。人们的行为应该像他们的服装，不要太过紧身，也不要过于整齐，而要宽松些，这样才方便活动。

译注

1. 伊莎贝拉女王，阿拉贡国王斐迪南的王后，也是卡斯蒂利亚王国的女王。

五十三
论赞扬

赞扬可以反映一个人的品德。它像镜子或者其他映像一样，如果它出自庸俗的人，那么这赞扬多半是虚假无意义的，被赞之人通常都是徒有虚名的人，而不是有品德的人。因为庸俗的人是不懂得美德的真正内涵的，最低级的才德赢得他们的赞扬；中等的才德在他们心里会引起惊讶或艳羡；但是对于高等的才德他们就没有识别的能力了。只有表面的、假冒的才德才是最受他们欢迎的。名誉的确好像一条河，能载轻浮中空之物而淹没沉重坚实之物。但是假如有地位、有见识的人称赞某人，就如同《圣经》所说，“名誉强如美好的膏油”，它芬芳四溢，不会轻易消散，因为膏脂的香味比花香更持久。

若赞誉中夹杂很多虚假的成分，人们完全有理由去质疑。有一种赞誉出于阿谀奉承者，如果说话的人是一个谄媚者，那么他肯定会有几种套话，适用于任何人；如果他是一个奸诈狡猾的谄媚者，那么他就会模仿最会谄媚之人，就是自我（最会谄谀人的，就是人的自我）。一个人自以为最擅长某事或最富于某种美德，那奸猾的谄谀者就会在这些方面竭力赞美他。如果一个人是胆大的谄谀者，他就会找出一个人自己感觉最有缺陷、最以为耻的方面，然后坚持说他在这些方面很有长处，使之“良心不安”。有些赞誉出自善意与尊敬，这种赞誉是我们对于帝王或大人物们应有的态度之一，即“以赞誉为开导”。就是对某些人说他们如何如何的时候，实际就是告诉他们应当如何如何。有些人受赞誉其实是被人恶意中伤，为的是引起别人对他们的嫉妒心，“最坏的敌人是谄媚之徒”，所以希腊人有句谚语：“凡是因受到恶意赞扬的人，鼻子上应该长脓包。”就好像我们的谚语“凡是说谎的人，舌头上就会长水泡”一样。中肯的称赞，若用之得时而且不俗，确是有好处的。所罗门说：“清晨起来，大声称赞朋友的，就等于诅咒那个朋友。”把人或事过于夸大，必要激起反驳，受到嫉妒与轻蔑。

至于一个人自夸，除了在很少见的情形之中，是不能称为合理的。但如果是自己赞扬自己的官职或职业，则可以得体地并且带点豪气而为之。罗马的主教们都是些神学家、修士、经学家，他们对于文官事务有一句轻蔑的话，因为他们把战争、外交、司法及其他的事务都称为“sbirrerie”，即“副官事务”，好像所有事情都是由副官和助理来办理似的，虽然那些副官事务所做的好事常常比他们高深的研讨好处更多一点。圣保罗在自我炫耀时，总是带有这么一句话：“恕我直言！”但在说起他的职业时，他却这么说：“我要敬重我的职分。”

五十四
论虚荣

一只苍蝇坐在战车轮子的轮轴上说："快来看我扬起了多少尘土！"《伊索寓言》比喻得实在巧妙。类似的是，那些爱慕虚荣的人是这样，任何事物，无论是自己为之，还是依靠其他方法为之，只要自己参与了一点，他们就认为那是他们的功劳。凡是喜欢自我吹嘘的人，必然是喜欢扎堆的，因为一切炫耀都要依靠比较才能体现。这种人必然也是狂热的，因为如此才可以支持自己的种种夸耀。他们也不能保守秘密，所以他们是没有什么实际的用处的。如同法国的一句谚语："声音非常大，但是效果非常小。"

然而在政事中，这种品性也是确有其用的。每逢人们需要造就一种大才或大德的名声的时候，这些人就是很好的吹鼓手。而且，如李维由安条克和埃特利亚人的事例所指出的，“有时互相矛盾的谎言是大有效果的”。比如，一个人在两位君王之间交涉，想引他们联合起来与第三方作战，他就对两方都夸大对方的兵力；又如在两个人之间交涉，向一方吹嘘自己对另一方的影响，结果是把自己的声望提高了。所以说，在以上谈到的此类事件中，其结果往往是使事情变得无中生有，因为谎言足以产生见解，而这种见解又会带来实质性的结果。

对于军事统领和军人来说，虚荣是一种不可缺少的东西。这就好比铁可以将铁磨得尖锐，自吹自擂同样也可以增强自身的勇气。在需要付出费用和冒险的伟大的事业中，把天性好说大话的人安排进去，也就给工作带来了生气；而那些天性稳重的人，则更像是压舱物而不是风帆。在学术声望中，若没有装点卖弄的羽毛的话，它的飞翔是缓慢的。“那些贬斥虚荣心的作家，也会在扉页上写上自己的名字。”苏格拉底、亚里士多德、盖仑[1]，这些人都是非常善于夸耀的。毋庸置疑，虚荣可以让一个人名留青史，而美德与其说离不开人性，还不如说是间接地接受了应得的赞誉。西塞罗、塞涅卡、小普林尼的声望如果不是跟虚荣心连接在一起的话，也不会经久不衰。这种虚荣心就好比天花板上的一层油漆，它让天花板亮丽而且持久。

但是说了这么久，我用“虚荣”这个字眼的时候，却并不是指塔西佗说穆西亚努斯的那种品质，所谓“一个能用某种技艺凸显自己某种言行的人”。因为虚荣并非出自虚荣心，而是出自天生的豪气和见识；甚至在某些人身上显得得体而且优雅。因为道歉、让步以及有节制的自谦，都不过是炫耀而已。在这些炫耀中，没有比小普林尼所说的那一种更好的了，那就是在你自己所擅长的方面，如果别人也有一点长处，就应当不吝惜地多多赞扬那人。普林尼说得很巧妙：“在赞扬别人的时候，你其实是替自己做好事。因为你所赞扬的那人在那一方面若不是比你强，就是不如你，如果他不如你，还值得称赞，那么你自然就更加值得称赞了；如果他比你强，还不值得称赞的话，那么你就更不值得称赞了。”

喜欢自吹自擂的人，通常是聪明人的轻视对象，是愚昧人的羡慕对象，是寄生者的崇拜对象，同时也是他们自身大话的奴仆。

译注

1. 盖仑（约 129—200），古罗马医师、自然科学家和哲学家。

五十五

论声誉与名气

声誉的获得，不过是将一个人的品德和价值完全表露出来。有些人做事一味地追求声誉和名气，这种人经常会被人们津津乐道、加以品论，但是很少有人真心地佩服这些人。还有一些人，与上述的这一类人恰好相反，他们善于掩饰才华，从不外露，这类人在常人眼中是被低估的。

假如一个人能做成别人从未尝试过的事情，或者是别人尝试过又半途而废，或者是别人未曾做得如此完美的事情，有人追随别人而做成了一件更难的事，两者相比，前者得到的荣誉更多。假如一个人把他的所作所为充分调和，使其中的某一种行动可以取悦各党各派，那么赞美他的声音就更大了。有的事办砸了就臭名昭著，成功了就风光无限，谁若办这件事，那么这个人就是不爱惜自己的声誉。战胜他人得来的（就是显出我优人劣的）那种声誉是最显然的，如同切成多面体的钻石。所以一个人应当竭力与对手争胜，若有可能，用那人的弓而射得比那人还要远。谨慎有识的随从与仆役是大有助于主人获得名誉的。“一切的名声都来自仆人”。嫉妒心是声誉的毒虫，如果想要彻底消灭嫉妒心，最好的办法就是表明自己的出发点是为了获得成功而不是名誉，并将自己的成就归功于上天的眷顾和幸运女神的庇护，而不是出于自己的才能或权术。

君王荣誉的等级排序如下。第一流的君王应数那些开国之君，如罗穆卢斯、居鲁士[1]、恺撒、奥斯曼[2]、伊斯梅尔。第二流的就是立法之君，这一类的君王也叫作万世之君，因为他们逝世后仍能以他们所立的法度治国，这一流的帝王有莱克格斯[3]、梭伦、查士丁尼[4]、埃德加[5]以及著有《七章法典》的英明的卡斯蒂利亚王阿方索。第三流就是“解难之君”或称“救国之君”，如解决内战之长期困苦，或从异族或暴君的束缚下把国家救出来，比如奥古斯都、韦斯巴芗、奥雷连[6]、狄奥多里克[7]、英王亨利七世、法王亨利四世。第四流就是“扩疆拓土之君”或称“卫国之君”，比如以光荣的战争扩张疆土或以光荣的自卫战抵御侵略者的君主。最后应数那些“国父”，就是那些治国有道，置他们所处的时代于太平的仁君。后两种都不需要事例，因为这样的君主太多了。

臣民的荣誉应该分为这样的几个等级。第一是“为主分忧之臣”，就是帮助主上处理国事的人，就是我们所谓的“人君的右手”。其次就是“统兵大将”，即伟大的军人领袖，辅佐人君，在军事上立下显赫战功的人。第三就是“亲信之臣”，他们既能给君主带来慰藉，又不会给人民带来伤害。第四就是“能臣”，就是居高位而能尽职、能办大事的人。

此外，还有一种荣誉，可以位居最高等级荣誉，这种荣誉是不常见的，那就是为国家捐躯或者冒生命危险而救国的人，比如雷古鲁斯[8]和德西乌斯父子[9]。

译注

1. 居鲁士（前600—前529），波斯帝国阿契美尼德王朝的创立者。
2. 奥斯曼（1259—1326），创建了奥斯曼帝国。
3. 莱克格斯，公元前9世纪制定了斯巴达的法典。
4. 查士丁尼（483—565），东罗马帝国皇帝，主持编纂《查士丁尼法典》。
5. 埃德加，英国国王（959—975在位）。
6. 奥雷连（约215—约275），古罗马帝国皇帝。
7. 狄奥多里克（约456—526），创建了意大利东哥特王国。
8. 雷古鲁斯（？—约前248），古罗马将军，曾任执政官，第一次布匿战争中被迦太基人生俘，后被假释遣返罗马议和，劝告元老院拒绝接受敌方的条件，回迦太基后被折磨致死。

9. 德西乌斯，罗马帝国皇帝，与其子赫伦尼乌斯都在同哥特人作战的阿伯里图斯战役中阵亡。

五十五

论声誉与名气

五十六

论司法

一名司法官应当秉记，他们的职权是 jus dicere 而不是 jus dare，是诠释法律而不是创造法律。否则，就会像罗马教会所宣称拥有的权力一样。罗马教会借由更好地诠释《圣经》，不惜肆无忌惮地篡改，还将《圣经》中找不到的法规定为律条，宣告天下。外在展示的是古老的东西，而实质推广的是新奇的东西。一名法官应当学问多过机智，德高望重多过哗众取宠，小心谨慎多过刚愎自用。最重要的是，刚正不阿是他们的本色。犹太律法中曾说：“挪移邻舍地界的，必受诅咒。”挪动了界石的人是有罪的。但是那不公的法官，在他对于田地产业错判误断的时候，才是为首的移界石者。一次不公的判决比多次犯案为害更广，因为后者只不过弄脏了水流，而不公的判决则把水源败坏了。所以所罗门说：

"义人在恶人面前退缩，好像踏浑之泉、弄浊之井。"

司法官的职责与诉讼者，与辩护者，与官吏，与君主或国家都是有关系的。

首先，先来谈谈诉讼的案件或诉讼双方。《圣经》上说："你们这使公平变为茵陈。"确实有把公平变为酸醋的人，由于不公平的判罚使审判变得苦涩，而拖延不定则使审判变得酸楚。身为法官的主要职责就是抑制暴行与欺诈，在这二者中，暴行在明目张胆的时候危害更重，而欺诈在隐蔽遮掩的时候更加有害。二者之上可再加上有争议的诉讼案件，这种案件应该当作被认为妨碍法庭运转而摒弃。为法官者应当为公平的判断做准备，这种准备应当如同上帝为他排除障碍一样，就是要填高溪谷，削平山陵：不管哪一方，若有专横行为、言辞狂热的起诉、狡诈地占据了有利位置、串供祸众、权势大、律师强的情况出现，而法官能将不平化为公平，那么就可看出一个法官的才德，这样他就可以好像是在平地上做出判决。"扭鼻子必出血"，而榨葡萄汁的机器若是用力过猛，其所出的酒必是涩的，因为带着葡萄籽的味。为法官者必须小心，不可硬作解释，不可进行牵强附会的推断，因为最坏的曲解莫过于对法律的曲解。尤其在刑法事件中，为法官者应当注意，勿使本意是警诫人民的法律变为严苛的工具。他们也应当注意，不可把《圣经》上所说的那种雨（网罗之雨）带来，刑事法律推行过于严厉，等于在人民身上降下网罗之雨。刑律已长期没有施行，或不适于目前情况，贤明的法官就应当限制其施行，“司法官的职责，不仅限于审察某案的事实，还要审察这种事实的环境，等等”。在人命攸关的大案中，为法官者应当在法律允许的范围内以公平为念，而勿忘慈悲；应当以严厉的眼光对事，而以悲悯的眼光对人。

其次，关于辩护者和法律顾问等人来说，听审时耐心和严肃的态度是司法的一项基本条件，一个多言的法官不是大响的钹。[1]法官把到时候会在法庭上听到的事情先打听出来，或者过早地打断见证者或辩护者的话以表示自己的敏察，或者用问题（即使是与案件有关的问题）把以后将要陈述的事实先期说出来，这都是不得体的表现。法官在审理案件中的职责有四：审核证据；约束发言，勿使其过长、重复或与案情无关的叙述；重述、选择，并对照已发言论；做出批判。凡有超过这些职责的行为，都是过分的，出自炫耀而多言，听讼时不耐烦，记忆力不佳，再就是注意力不集中。辩护人滔滔善辩多能得法官的欢心，这是很奇怪的。为法官者应当效法上帝（他们是坐在上帝的位置上），而上帝又是“压制放肆的人”“把天恩给予谦恭的人”。但更为奇怪的是，法官竟会特别喜爱某些知名的律师——他们只会造成费用的增加以及人们对审判的怀疑的增加。在某一方发言得宜，辩护得当的时候，为法官者对于该辩护人有一种责任，理当有赞颂的话，尤其是败诉一方，因为如此可以维护律师在他的委托人心中的名望，而且使委托人自以为是、稳操胜券的念头受挫。同样的道理，若碰到辩护人有诡辩、重大的疏忽、证据不足、追求无度或强词夺理的情形，则为法官者对于公众也有一种责任，理当给那个辩护人一种合理的斥责。辩护人也不可与法官舌剑唇枪，或者在法官宣判之后重提这件诉讼。另一方面，法官也不可给一方任何口实，不可使当事人说法官没有听取他的律师的辩论或者证人的证词。

再次，涉及法院职员的方面。法院是一个神圣不可侵犯的地方，不仅是法官席，法官席所在的那个台子以及用栅栏隔开的听众席，都应该保持没有丑闻和腐败的名声。因为，的确（如《圣经》上说的）“荆棘上岂能摘葡萄呢”，从那些贪婪的吏役的荆棘丛中，公道也不能结出美果。法庭的吏役易受四种恶势力的影响。第一种人是挑拨是非，鼓动人们打官司，使法院有充塞之患而国家受贫乏之累的人。第二种人是那些把法院卷入职权之争的人。他们并非“法院的朋友”，而是“法院的寄生虫”，因为他们为了自己的利益而把一个法院鼓动得盲目自大，超越权限。第三种恶势力就是可以叫作“法院的左手”的那些人，即那些狡黠而多谋，能阻挠法院的正当程序，并把公理引入邪径与迷阵的人。第四种就是那些强征某些费用的人。把法院比作矮树丛，一只羊在暴风雨中逃向矮树丛以求安全的时候，总是免不了损失部分羊毛。看来这个比喻并非没有道理。另一方面，一位年老的法院职员，熟悉律例，做事审慎，通晓法庭工作，他就是法院的一把好手，并且往往能给法官指点迷津。

最后，涉及君主和国家的方面。为法官者务必要记住《罗马十二铜表法》的结论："人民的安全即最高的法律"，并且应该知道法律若不此为目标，也就不过是拿捏人的工具，是没有受到神启示的神谕。因此，为人君者和执政者若常与司法官商议，而司法者常与人君和执政者商议，也就是国家的一大幸事了：前者就在法律涉及国家政务的时候；后者就在国家政务涉及法律的时候。因为情况往往是这样的，提出来进行裁决的可能是有关个人的问题，但其中所涉及的原则和后果，却可以推而广之，应用于有关的国家政务。我所说的国家大事，不仅是有关王权的事，也包括任何引起大变革或造成危险的事情，或者是显然与多数人息息相关的事情。再者，谁也不可糊里糊涂地相信公平的法律与真实的政策之间有任何的对立性，因为它们就好像精神与肌肉，是相辅相成的。司法官们也要记住，所罗门王座的两边是由狮子们抬着的：法官可以做狮子，但是也要做王座下的狮子，不可有阻挠或僭越王权的行为。为法官者要知道他们自己的正当权利，而误以为他们的职务并不包括这主要的一项，即贤明地行法、施法。因为他们可能记得使徒说过比他们的法律更崇高的法的话："我们知道律法原是好的，只要人用得合宜。"

译注

1. 见《圣经》："用大响的钹赞美他，用高声的钹赞美他。"

五十七
论愤怒

完全地消灭怒火，不过是斯多亚学派学者的大话罢了。我们对此有更好的明示："生气却不要犯罪，不可含怒到日落。"愤怒必须在程度和时间两方面都受限制。第一，我们将谈到，怎样使产生愤怒的天生的倾向和习惯变得缓和、平静。第二，谈谈怒火中烧，应如何平息，或至少使它免于为害。第三，再说如何使别人发怒或息怒。

关于第一点，没有别的法子，只能去细想发怒的后果，它是怎样给人们的生活带来烦恼的。这样做的最佳时间，就是在愤怒发作彻底结束的时候，到那时再回想当时的情形。塞涅卡说得好："怒气如倾圮的房屋，它在倒下的地方摔碎。"《圣经》上说，"你们常存忍耐，就必保全灵魂"。无论何人，若是失了耐心，就是失了灵魂。人们决不可面对蜜蜂，“把他们的生命留在伤口上”。

愤怒是一种低贱的品性，因为它善于在它所支配的那些臣民的弱点中出现，这些人即儿童、妇女、老年人、病人。因此，人们须注意，如果不能避免生气，就要使怒气与轻蔑连在一起，而不可使它与恐惧之心连在一起，这样就不至于受伤了。如果一个人肯在这件事上给自己定下一个规则，这就是一件容易做到的事情。

关于第二点，愤怒产生的原因主要有三点：首先，对受到伤害过于敏感。因此，细腻柔弱的人一定经常发脾气，因为有很多事情可以让他们受刺激，而这些事情对于身体强健的人来说是不会被察觉的。其次，在这种情况下，被伤害者认为那伤害充满了轻蔑，这轻蔑无异于火上浇油，与伤害相比有过之而无不及。因此人们若是善于发现产生轻蔑的因素，就常常燃起怒火。最后，如果一个人认为他的名誉受到影响或攻击的时候，也就加剧了愤怒。在这个情形下，最好的调剂之道是如贡萨洛[1]常说的，一个人应当有一种“厚实的荣誉网”。但是在所有的抑怒之道中，最好的调剂术是延长时间，并且要使自己相信，报复的时机尚未来到，但是可以预先看见一个将来的好机会，如此就可以在这个机会尚未来到的时候静默等待。

如果要使一个人气愤但是怒气不招致祸患的话，那么有两件事情必须要注意。一是避免极度愤慨的语言，尤其是尖刻并针对个人的语言，“骂世之言”是无关紧要的；在恼怒的时刻也不可泄露秘密，因为在怒气中泄露秘密会使一个人脱离社会群体。其次，在工作中，不可因怒气而把工作抛开；反之，无论你怎样表示愤慨，千万不要做出任何无法挽回的事。

至于使别人发怒的做法，关键在于选择时机，要在人们最固执或心境最坏的时候激恼他们。其次，如上所述，把你所能找出来的事情都集中起来以加重对那人的轻蔑。息怒的方法则与此相反。其一，与人初次提及某种可恼之事的时候要选择好时机，因为初次的印象是很重要的；其二，就是要把一个人对伤害的见解尽量地与他的受轻蔑之感分开，把这种伤害归因于误解、恐惧、热情以及你认为的其他任何原因。

译注

1. 西班牙名将贡萨洛·德·科尔多瓦。

五十八

论事物的盛衰浮沉

所罗门曾说过这么一句话："世上没有新奇的东西。"但是柏拉图有一种观点是这样的："一切知识只不过是回忆。"而对此，所罗门又发表了自己的见解："已过的世代，无人记念；将来的世代，后来的人也不记念。"由此可见，忘川河不但在地下，也在地上。有一位玄妙的占星家说："要不是有两件东西是固定的（一件是恒星永远保持彼此固定的距离；另一件是恒星的周转运动永远是守时的），万事万物皆电光火石，不能有片刻的存续。"物质在不断的变化之中，永无停歇，这是千真万确的。那掩埋一切的大殓衣有两种：洪水与地震。至于大火与大旱，是不能完全消灭人类的。还有那以利亚时代的三年之旱也不过是限于一域，而未能灭绝那里的人民。至于西印度常有的天火，也是小范围的。但是在那两种毁灭——洪水和地震中，值得注意的就是那幸而得救的遗民多是无知识的山居之民，他们不能描述过去的时代，所以人或事都被湮灭、遗忘，那种情形就和什么也没留下是一样的。如果你对西印度群岛的人详加研究，就会了解他们大概是一种比旧世界的民族较新而年轻的民族。而以前该地曾遭遇的毁灭大概也不是由于地震（如埃及僧侣告诉梭伦的话，说亚特兰蒂斯岛是在地震中被海吞没的），而是因为一场大洪水。因为地震在那些区域中是不常见的。但是，在另一方面，这里有倾泻的大河，大得使亚、非、欧三洲的河流与之比较起来简直犹如小溪。这里的安第斯山也比我们的山高得多，由此可见，有一部分西印度洋人在洪水中幸免于难。

至于马基雅弗利的评论，他说宗教派别的互嫉是古事被人遗忘的重大原因之一，并诋毁罗马教皇大格列高利，说他曾尽力毁灭一切异教的古昔文物，关于这个评论，我并不曾发现这种毁灭文物的狂热能产生多大的效果或者能延续多久。如罗马教皇萨比尼安，他继位之后，就恢复了旧时文物。

本文不适于讨论天国里的变迁或者变化。如果这个世界能够延长到那么长久的话，那么柏拉图的“大年”就会产生某些效果，不过不是个人的新生（因为这是那些认为天体对下界具有实际上更为准确的影响的人的痴心妄想），而是整个天体的彻底变革。同样，彗星对于大多数事物的确是有力量、有影响的，但是人们对彗星只是仰而望之，注视它们的行程，而不善于观察它们的影响，尤其是不善观察它们分门别类的影响，比如彗星的形状、大小、颜色、光芒、在天空中的位置、出现的期间、产生了什么样的影响，等等。

我曾经听到一种无关紧要的说法，我希望人们对这种说法加以关注，而不要对此置之不理。据说在低地国家（我不知道具体的地方），每经三十五年，同一套年景、天气又来一轮，如严霜、大涝、大旱、暖冬、凉夏等，他们把这种情形叫作最初时期。这是我特别要提及的一件事情，因为在往回推断的时候，我发现了在时间上有某些巧合或者相符之处。

我们暂且离开这些关于自然的事，而谈人事。人事中变化最大者莫过于宗教派别之兴衰。宗教派别于人就像轨道之于行星，是最能支配人心的。真正的宗教是建立在磐石上的，其余的则是在时间的波涛上颠簸。所以要由我来谈一谈造成新的教派的原因，并且针对那些原因提出一些忠告，那就是人们薄弱的判断力能够在什么程度上阻止如此巨大的变革。

当原先人们普遍认同的宗教被论争所分裂，当宣布那些有宗教信仰的人开始腐败并且有种种丑闻的时候，那将是一个愚昧、无知而且野蛮的时代的开始。如果此时再有放肆的人起来倡议，你就可以预料，一个新的教派就有可能涌现出来。穆罕默德宣布他的律法的时代，正是一个具备上述诸点的时代。如果一个新教派没有两种特性，你就不必怕它，因为它是不会被传播开的。这两种特性之一就是颠覆、代替或反抗固有的威权，因为再没有比这种事更受一般人欢迎的了；之二就是许人寻欢作乐、贪淫纵欲。因为那些在理论上标新立异的邪说（例如古时的阿里乌派和现在的阿明尼乌派[1]）虽然对人的心智有很大的影响，却不能引发国家的变革，除非借助政治上的纷乱。新教派的树立方式有三：或以异兆、奇迹的力量，或以演讲、劝诱之善辩与聪明，或以兵力。至于殉教的行为，我把它列为奇迹之一，因为这些行为好像是超乎人类天性的力量所为。对于特优至美、值得赞叹的圣洁生活，也可以被列为奇迹。若要阻止教派和派系的兴起，最好的办法就是革除弊端，使小的分歧得到化解，待人温和而不是加以血腥的迫害，并且通过说服和提拔主要的发起人来把他们除掉，而不是用暴力和手段去激怒他们。

在战争中，变化多端，主要体现在三个方面：在战争的地点或“舞台”上、在兵器上、在指挥作战的策略上。古时，战事似乎总是由东至西的，因为波斯人、亚述人、阿拉伯人、鞑靼人（这些都是侵略者）都是东方人，高卢人是西方人。这是属实的，但是我们所读到的他们的侵略只有两次：一次是侵略加拉太，一次是侵略罗马。东方和西方并没有固定的界线，而战争的方向我们也不能确定为自东至西或是自西至东。但是南与北是固定的；南方的人侵犯北方的人，这种事并非从未发生，但很少见，相反的情况却屡见不鲜，由此可见，世界的北部是天然好战的区域，不论那是由于北半球的星宿，或者由于北半球的大陆——就现在所知，南部差不多全是海洋——或者（这是最显而易见的）由于北方气候的寒冷，这种气候就是不假训练也能使人体力顽强、血气旺盛。

一个国家在分裂或灭亡的时候，就是战争爆发之时。因为庞大的帝国在兴盛的时期，将驯服的国家的力量削弱甚至消灭，以确保自己的实力。到了它们衰败的时候，一切都被颠覆了，而它们也就成为鱼肉。罗马帝国就是如此；日耳曼帝国在查理大帝驾崩后也是如此——每只鸟雀各争一羽；西班牙到衰败的时候大概也会发生这样的情形。国土的增加和国家合并也会引起战争：因为一个国家过于强大的时候，就和洪水一样，必定要泛滥，如罗马、土耳其、西班牙，皆可为鉴。观察世界的情形，当属野蛮民族最少，而且所有的蛮族除非确有可以为生之道，否则不肯结婚或生育（目前差不多世界各处的情形皆是如此，鞑靼国除外），就没有人口过剩的危险。若有多数继续繁殖而不预筹生产自养之道的民族，那么在每一两代中，这些民族必要把一部分人口迁移到别的国家去。面对这种事情时，古代北方的民族常用抽签的办法决定：他们抽签决定哪一部分人应当留在本土，哪一部分人应当外出谋生。当一个本来好战的国家变得柔弱的时候，就一定会有他国与之作战。因为这样的国家到了这种衰颓的时候多已变得富有：一方面，这个国家的财富诱使他国与之作战；另一方面，其武力上的衰颓也鼓励了战争。

对于兵器，几乎是没有定论的，但是我们也看到它们也随时代变迁。印度的奥克西德拉克斯城早就有了大炮，这种大炮就是被马其顿人称为雷电与魔法的东西。中国人使用火药已超过两千年，这也是人所共知的。至于兵器的性质与改进如下：第一，射程要远，这样就可以减少危险，这一点从大炮和火枪的实际效果中看出来；第二，火力要大，在这方面，枪炮的力量又比一切的攻城武器和古代的发明要大；第三，用起来要灵便，例如可以在任何天气使用，搬运轻便而且易于操作，等等。

至于作战的方略，起初人们主要依赖兵力，也取决于主要的兵力和勇气，预定日子对战，在兵力对等的条件下决一死战，而对于排兵布阵一无所知。后来他们知道兵贵于精而不在于多，渐渐地懂得利用地利、巧计诱敌一类策略，并且在兵力的分配上也更得当了。

在一个国家的初期，军事实力是最强盛的；在它的壮年时期，学术是极为发达的，然后有一段军事实力和学术同时发达的时期。在一个国家衰颓的时期，工艺与商业是发达的。学术也有儿童时代，那时它刚萌芽，往往是幼稚的；接着是它的青年时代，那时它是蓬勃而有朝气的；然后是它的壮年时代，那时它是坚实有节的；最后是老年时代，它就变成干枯的了。对于这些盛衰浮沉的轮转看得太久是不好的，恐怕我们的头也要晕了。至于关于这些盛衰浮沉的记载，不过是循环往复的故事而已，因此不在本文的探讨之中。

译注

1. 阿里乌派，早期的一个基督教教派，主要强调基督的人性，否定基督的神性，因此被视为异端。阿明尼乌派，荷兰基督教新教教派，认为个人得救与否虽为上帝所“预知”，却实际并非由上帝决定，而由个人意志决定接受或拒绝上帝的恩宠。

五十九

论谣言（片段）

诗人将谣言比作怪物。他们对谣言的描绘，在某种程度上是优美典雅的，在某种程度上又是尖酸刻薄的。诗人会这样说："你看她有多少羽毛；在羽毛之下又有多少只眼睛；而她又有多少条舌头、多少种声音；她又有多少只耳朵竖起来！"这是一种修辞方式。还有极好的比喻手段，譬如说谣言走得越远，则力量就越大；她的脚在地上行走，头却藏在云里；她白天在楼中端坐，夜间却展翅飞行；她把已做的事和未做的事混在一起；她对于大城市而言是一种恐怖的东西。这些描述中最精彩的则是，诗人说大地（即那些与丘比特作战而被消灭的巨人们的母亲）由于巨人们被灭，怒而生发出谣言。这个比喻真是好，因为叛逆之徒（即被诗人比作巨人的人）与招致叛逆的谣言和诋毁是一对兄妹，它们一阳一阴，这是非常明显的。但是，假如谣言这个怪物能够被驯服，俯首帖耳，能用来杀戮其他鸟类，那么这个比喻就恰当了。但是说这种话的人也受到了诗人风格的影响。现在且让我们以一种严肃的态度来谈谈。在所有关于政治的著作中，谣言是最少被人提及的，但也没有一种论题是比它更值得讨论的。我们要探讨如下几点：什么是假谣言；什么是真谣言；辨别它们最好的方法是什么；谣言是如何产生的，又是如何兴起的；它们又是如何被散布的、如何增多的；它们是如何被抑止、消灭的；此外还有关于谣言的性质，等等。

谣言力量巨大，绝不会起不到任何作用，尤其是在战争中。当穆西亚努斯颠覆委泰利亚斯的时候，所用的方法就是散布谣言，说委泰利亚斯有意把罗马在叙利亚的驻军调到日耳曼，把在日耳曼的驻军调到叙利亚。于是驻叙利亚的士兵非常愤怒，因而生变。恺撒攻庞培于不备，事先使庞培的勤勉之心与防备松懈，也是借助他自己很狡诈地放出的谣言，说恺撒的军队对恺撒已经没有好感了，并且这些军队因为疲于征战而且从高卢满载而归，只要恺撒一进意大利，他们就要弃他而去。莉维亚为了让她的儿子提比略继承帝位，所用的也是谣言，她放出消息说她的丈夫奥古斯都大帝御体正在康复。土耳其的总督们，常常不让那些亲卫兵和其他军人得知土耳其皇帝驾崩的消息，以免他们对君士坦丁堡进行劫掠。塞米斯陶克立斯放出谣言，说希腊人要把波斯王热可塞斯所造的横跨赫利斯邦特海峡的舟桥毁掉，这就使热可塞斯急急忙忙地离开了希腊。这样的事例有上千个，数量越多，叙述的必要性就越少，因为这种例子随处可见。因此，所有明智的统治者都会密切关注谣言的产生，就像密切关注正在酝酿的阴谋一样。